不　安

ペナルティキックを受けるゴールキーパーの……

ペーター・ハントケ　著
羽　白　幸　雄　訳

三修社

不　安

ペナルティキックを受けるゴールキーパーの……

〈ゴールキーパーはボールがラインを越えてころがるのを見ていた……〉

5　不　安

機械組み立て工ヨーゼフ・ブロッホ、むかしはサッカーのゴールキーパーとして鳴らした男だが、彼が或る朝仕事に出てゆくと、きみはくびだよ、と告げられた。というより実は、折りから労働者たちが宿泊している現場小屋の戸口に彼が姿をみせたとき、ただ現場監督が軽食から目をあげたという事実を、ブロッホはそのような通告と解し、建築現場を立ち去ったのである。街路に出て彼は腕をあげたが、通りがかった車は——ブロッホは決してタクシーを呼ぶため腕をあげたのではなかったが——タクシーではなかった。結局、目の前で急ブレーキの音を聞くと、ブロッホはくるっと背を向ける……所がうしろに止まったのはタクシーだったので、運転手が悪態をつく。ブロッホはふたたび向き直って車に乗り込み、ナッシュ広場

（ウィーン旧市内から南西にある）まで走らせた。

十月の或る晴れた日である。ブロッホはそこらの屋台で温いソーセージをひとつたべ、それから屋台の立ちならぶなかを抜けて、映画館まであるいた。見るものすべてが気にさわる。できるだけ気にとめないように努める。館内にはいって、やっと息をついた。

　あとから不審に思ったことだが、キップ売り娘は、彼がものもいわずに料金を廻転皿（ターン・テーブル）にのせた仕草に対して、当然だといったような変な仕草で応じたのである。スクリーンの横に、文字盤に照明した電気時計が見える。映写の最中に鐘の鳴る音が聞えたが、映画のなかで鳴ったのか、それとも館外の、ナッシュ広場のほとりの教会の塔からだったのか、彼はながい間判じかねた。

　ふたたび街路に出てぶどうを買った。これは今の季節にはとくに安い。先きへあるきながらぶどうをたべ、皮を吐きすてる。彼が部屋をたずねた最初のホテルでは、書類鞄ひとつしかたずさえていないので断わられた。とある横丁にあった二番目のホテルでは、ポーターが先きに立って階上の部屋へ案内してくれた。ポーターがまだ出ていきかけというのに、ブロッホはベッドへ横になり、まもなく寝入った。

夕方彼はホテルを出て、酔っ払った。そのあとふたたびしらふになり、友人たちに電話をしてみたが、この友人たちの多くは市区内に住んでおらず、それにこの電話器はコインを吐き出してくれないので、ブロッホはたちまち小銭をはたいてしまった。ゆきずりの警官に彼が挨拶したのは、立ちどまらせられると思ってのことだが、向うは礼も返さない。道路越しに呼びかけた言葉を、警官はおそらくまともには受け取らなかったのかとブロッホは自問し、一方映画館のキップ売り娘が入場券をのせた皿をぐるっと彼の方にまわしたときの、あの当然顔のことを考えてみた。彼はその動作のすばやいのにひどくびっくりしたので、皿から入場券を受け取るのをあやうく忘れるほどだった。彼はあの娘をつかまえてやろうと心に決めた。

映画館までもどってみると、たまたまショーケースが暗くなったところだった。ブロッホが気づいてみると、ひとりの男がはしごにのぼって、今日の映画の文字を明日の映画の文字に取りかえている。新しい映画のタイトルが読みとれるようになるまで待ってから、やがて彼はホテルへひき返した。

あくる日は土曜だった。ブロッホは今日の一日はホテルに止まることにした。アメリカ人の夫婦者のほかに朝食室にいるのは彼だけで、しばらくその対話に耳をかたむける。むかし二三度所属のチームといっしょに試合でニューヨークにいったことがあるので、話しはどうにか分るのだ。それから二三種の新聞を買うため、いそいで外に出る。新聞は週末版ということで、この日はとくに重い。彼はそれらを折りたたまずに、小脇にかかえてホテルにひき返す。すでに片づいている朝食のテーブルにふたたびすわり、付録の広告版は敬遠しておく。これは気が重くなるのだ。外を二人づれが部厚い新聞をかかえてあるいていくのが見える。彼らが通りすぎるまで彼は息をのんでいた。あれはさっきのアメリカ人たちだったのかと、今やっと気づいた。ほんの先きほど朝食室のテーブルで見た人たちなのに、戸外ではもう見分けがつかなかったのだ。

それから或る店で、コーヒーに添えてコップにいれてサービスされる水道の水を、ながい時間をかけて飲む。彼はときどき立ちあがり、特にそれ用の椅子と机の上に山積みにしてあるなかからグラフ雑誌を一冊もってくる。彼のそばに溜ったグラフ雑誌を一度取りにきたウェイトレスが、去りぎわに〈新聞机〉という言葉を使った。一方では雑誌をめくるのにうんざりし、他方では一冊をめくり終らずにわきへおくわけにもいかず、ブロッホは合間をみて少し街路の方へ目をやることにした。グラフ雑誌の紙面と戸外の移りかわる情景とのコントラストが彼を気楽にしてくれた。店を出るとき、彼はグラフ雑誌を自分で例の机へ返しておいた。

ナッシュ広場に立ちならぶ屋台はもう閉っていた。ブロッホは足先きにさわる果物や野菜の屑を、気まぐれにしばらく押しやってみる。そこらの屋台の間で小便をする。そうしながら、いたるところバラックの板壁が放尿で黒ずんでいるのを見た。

さっき昼間に吐きすてたぶどうの皮がまだ歩道に残っていた。ブロッホが紙幣を廻転皿（ターン・テーブル）にのせると、それは廻転する間につかまれ、ブロッホは口を利くチャンスをとらえた。キップ売り娘が答える。彼がまた何か言う。それが尋常でなかったのか、娘は彼をじっと見る。彼にはそれが話しつづけるきっかけになった。ふたたび館内にはいってから、ブロッホはキップ売り娘のわきに小説本と電気湯沸し器があったのを思い出していた。彼はうしろにもたれて、スクリーンにうつる細々（こまごま）したものを区別しはじめた。

　午後おそく、電車で郊外のスタジアム（ウィーンの東郊外、プラーター公園にあるシュターディオンのことであろう）へ出かける。彼は立見席についたが、やがて、まだ捨てずにもっていた新聞に腰をおろす。前の見物人が彼の目をさまたげたが、気にはさわらない。試合の進むうちにたいていの者はすわった。ブロッホの顔を知っている者はいない。彼は新聞をおいてその上にビール瓶をのせる。そして混雑に巻き込まれるのを避けるため、試合終了のホイッスルが鳴るより先きにスタジアムを出た。スタジアムの前で待っている、ほとんど空（から）のおびただしい数のバスや電車は——それはサッカー試合ひとつのためだ——異様な感じだった。彼は電車に乗る。退屈しはじめるまでの間、車内にはほとんど彼ひとりだった。主審（レフリー）が延長戦をやらせたのかナ？　ブロッホが目をあげると、太陽が沈むところだった。だからといって格別の情もおこらず、彼は顔を伏せた。

　外は急に風が出た。ながく尾をひいて三回鳴った試合終了のホイッスルとほとんど同時に、運転手や車掌がバスや電車に乗り込み、そしてひとびとがスタジアムから走り出てきた。ブロッホはビール瓶がばらばらグランドめがけて落ちる音を聞いたように想像する。と同時に砂塵が窓ガラスを打つ音が聞えた。さっき映画館ではうしろへもたれたが、観衆がどっと電車になだれ込んできた今は、前へよりかかる。さいわい映画案内のパンフレットが手元にある。スタジアムではちょうど夜間照明にスイッチがはいったかのように思われた。ばかばかしい考えだ、とブロッホは言った。むかし彼は夜間照明は苦手のゴールキーパーだった。

　市内に帰って、電話ボックスをさがすのにしばらく時間がかかり、空いたボックスを見つけてみれば、そこの受話器はちぎれて床にころがっている。更にあるく。やっと西駅からかけることができた。土曜のせいでほとんどつながらない。ようやく以前から知り合いだった女が出たが、こちらが誰だか分らせるのに少々手間どった。西駅近くの或るスナックで会う約束をする。そこにはジュークボックスがあることをブロッホは知っていた。女がくるまで、コインをその自動機械に投げいれ、選曲ボタンは他のひとに勝手に押させたりして暇をつぶし、その間に壁のサッカー選手たちの写真やサインをながめる。この店は二三年前ナショナル・サッカーチームの或るフォワード選手が借りていたのだが、彼はやがて強力なアメリカのAクラスチームの一つのコーチとして渡米し、そのリーグが解散した現在、向うで消息を絶っている。ブロッホはひとりの娘と話しの糸口をつけた。彼女はジュークボックスのわきのテーブルからめくら滅法にうしろへ手をのばして選曲ボタンを押し、そしていつも同じ曲をえらぶ。彼女は彼といっしょに店を出た。彼はいっしょにいき当りばったりの家にはいろうとしたが、戸口はもうどこも閉っている。ひとつだけあいたが、聞える歌ごえから察するに、二番目のドアの奥でたまたま礼拝が行われていると知れた。ふたりは一番目と二番目のドアの間にあるエレベーターに乗り、ブロッホは最上階へのボタンを押した。エレベーターが動き出す前に、娘はまた降りると言いだした。ブロッホは今度は二階のボタンを押し、彼らはそこで降りて階段部に立ち止まった。すると急に娘は情がやさしくなった。彼らはいっしょに階段をかけのぼる。屋上にエレベーターが止まっていた。彼らは乗り込み、下に降り、そして街路へひき返した。

13　不　安

ブロッホはひととき娘とならんであるいたが、やがて彼だけ逆もどりして、またさっきのスナックにもどった。約束の女はまだコートのままで、すでに待っていた。ブロッホは、ジュークボックスのわきのテーブルでまだ待っている、さっきの娘の連れに、あの娘さんは帰ってこないだろうよ、とわけを話しておいて、女といっしょに店を出た。

ブロッホが言った――《きみがコートを着ているのに、ぼくがコートなしじゃおかしいみたいだね。》女は彼にぶらさがる。彼は腕を抜こうとして、女に何か見せたいものがあるようなふりをしたが、さて何を見せたものか分らない。ふいに夕刊紙が買いたくなった。彼らはあちこちの通りをあるいたが、新聞売りはひとりも見当らない。とうとう彼らはバスで南駅まできてみたが、駅はもう閉っていた。ブロッホはさもびっくりしたふうをしたが、事実びっくりもしていた。さっきバスのなかで女はハンドバッグをひらいて中のいろんな持ち物をいじりながら、気分がすぐれないんです、とほのめかせていたので、彼は女に向って言った――《ぼくはメモをあとに残してくるのを忘れていたよ。》だが〈メモ〉とか〈残してくる〉とかいっても、一体それらの言葉をどういうつもりで言ったのか自分でも分らない。とにかく彼はひとりでタクシーに乗り、ナッシュ広場まで飛ばした。

　土曜の映画館は深夜上映があるので、ブロッホは来るのがまだ早すぎるくらいだった。手近かのセルフサービスの食堂へはいり、肉だんご（フリカデレ）をひとつ立ち喰いする。彼はウェイトレスにできるだけ短い時間でジョークをひとつ聞かせようとしたが、時間がきてもまだ話し終らず、彼は文章のなかばで中断して金を払った。ウェイトレスは笑った。

　街頭で或る知人にばったり出会い、金をせびられた。ブロッホは相手を罵倒した。この酔っ払いがブロッホのシャツをつかんだとたん、通りが暗くなった。酔っ払いはびっくりして手をはなす。ブロッホは、映画館のネオンサインが消えるだろう、とかねて心待ちにしていたから、すばやく逃げた。映画館の前でキップ売り娘に出くわしたが、彼女は男の待っている車へ乗るところだった。

　ブロッホは彼女の方を見る。彼女はすでに助手席に乗り込み、敷いた衣服をすわりなおしてととのえながら彼の視線に応（こた）えた。少くともブロッホはそれを答えと解

15　不　安

した。偶然事というものではない。彼女はもはやドアをしめ、車は走り去った。

ブロッホはホテルへ帰る。ホテルのロビーには明かりがついていたが人影はなかった。部屋のキーを鉤（かぎ）からはずしたとき、間仕切り棚から一枚の折りたたんだ紙片が落ちた。ひろげてみると——それは請求書だった。ブロッホがまだその紙片を手にしてロビーにたたずみ、ドアのわきにぽつんと一つおいてあるトランクをながめていると、ポーターが控え室から出てきた。ブロッホはすかさず新聞はないかと尋ね、その隙にあけ放したドアから控え室をうかがうと、ポーターはロビーから持ち込んだ椅子の上であきらかに眠りこけていたらしい。ポーターがドアをしめたので、ブロッホには、スープ鉢をのせた小さな脚立（きやたつ）しか見えなかった。ポーターはポーターデスクのうしろに廻ってからやっと口をひらいた。だがブロッホは、ドアを閉めたことをすでに拒絶の返答と受け取っていたから、階段をのぼって自分の部屋へ帰る。ながい通路に沿うドアの一ヵ所にだけ、ひと揃いの靴が見えた。部屋にはいって、彼は紐をとかずに靴をぬぎ、それを同じようにドアの前に出しておいた。

彼はベッドに体を横たえ、たちどころに寝入った。

真夜中に、隣室のいざこざでちょっと目をさまされた。だが多分それは突然目がさめたので彼の聴覚が過度に刺戟されただけのことで、そのため隣りの声をいさかいの声と思ったのだろう。彼はこぶしで壁を一度たたいた。すると水道のながれる音が聞えた。水道栓がしめられ、しずかになり、そして彼はふたたび寝入った。

あくる日、ブロッホは室内電話で起された。さらに一泊するかどうか、との問いである。ブロッホは床においた書類鞄に目をやりながら——この部屋には荷物台がない——即座に然り（ヤー）と言い、受話器をおいた。靴は、日曜だったので磨かれなかったらしく、彼はそれを廊下から取り入れ、朝食はせずにホテルを出た。

南駅の洗面所で電気カミソリでひげを剃る。立ちならぶシャワー室のひとつでシャワーをあびる。服をつけながら新聞のスポーツ欄と裁判記録をよむ。しばらくすると、まだ読んでいるうちに——まわりのシャワー室はずいぶん静かだった——彼は急に気分がよくなった。すでに服を着おわり、シャワー室の壁にもたれて、靴で木の腰掛けを突いた。その物音が外にいる係りの女の問いを誘ったが、彼が返事しないので、更にドアのノックを誘う。それにも返事をせずにいると、外の女はタオルか何かでドアのハンドルをたたき、そして遠ざかった。ブロッホは立ったままで新聞をよみ終った。

駅前広場で或る知人に出会った。この男は主審（レフリー）として、下級チームの試合のため郊外へ出かけるところだと言う。ブロッホはこの話しを冗談と受け取り、そんなら自分も線審（ラインズマン）としてこのまま同行してもいいよ、などと言って調子をあわせる。この知人がひきつづきナップサックの紐をといて、なかの審判員服やレモンを入れた網袋を見せたときでも、ブロッホは相手の最初の文章と同様に、今のこれらの品々も一種の冗談の種（たね）とみなし、更に知人に口裏を合わせて、もし君が同行するなら、君のためによろこんでナップサックを持っていってやろう、と言明した。やがてその知人といっしょに郊外列車に乗り、ナップサックを膝にのせてからでも、なにしろ今は昼食時で車内がほとんど空いていたこともあって、やはり万事ふざけて調子を合わせているような気持だった。むろん、空（す）いた車室と自分のふざけた態度とどういう係わりがあるのかは、ブロッホにもはっきりしない。この知人がナップサックをさげて郊外へ出かけたこと、彼ブロッホが同行したこと、二人がいっしょに場末の食堂で昼食をとり、ブロッホの言をかりれば、いっしょに《まぎれもないサッカー場へ》あるいていったこと、これらのことは彼がひとりで市内へ帰ってからでも――その試合はおもしろくなかった――お互いが一種のカムフラージュをやり合っていたような気がした。すべてがむなしかった、とブロッホは考えた。駅前広場ではさいわい誰にも出くわさなかった。

或る公園のはずれにある電話ボックスから、彼はむかしの妻を呼び出した。万事ちゃんとしてます、と彼女は言ったが、彼のことは何も訊かない。ブロッホは落ちつかなかった。

彼は、こんな季節でもまだ開いているテラスのカフェにすわり、ビールを注文した。しばらくたっても誰もビールをもって来ないので、彼は出ていった。テーブルクロスのかかっていないスチールテーブルの板も彼の目をくらましたのだ。とあるスナックの窓に近づいてみると、中のひとびとはテレビの前にすわっている。ひときそっちを見ていた。誰かが彼の方をふり返ったので、彼は先きへあるいていった。

プラーター公園（ウィーン市の東南郊外にある遊園地）で、彼はなぐり合いをする羽目に落ちた。ひとりの若者がうしろからやにわに彼の上衣を両腕もろともたくしあげ、もうひとりが彼の顋の下に頭突きをくわせた。ブロッホは少しぐらついたが、やがて前の若者を足蹴にする。結局二人組は彼を菓子売りの屋台のうしろへ押し込めて、たたきのめした。彼はぶっ倒れ、彼らは逃げ去る。ブロッホはそこらの洗面所で顔と服をきれいにした。

第二区の或るカフェで、彼はテレビがスポーツニュースになるまでビリヤードをした。ブロッホはウェイトレスにテレビをつけてくれと頼みながら、まるですべてが自分と何の係わりもないかのようにながめている。ウェイトレスにいっしょに何か飲もうと誘った。彼女が、何か禁令の遊びが行なわれている奥の部屋からもどって来たとき、ブロッホはもう戸口に立っていた。彼女は彼の横をすり抜けたが何も言わない。ブロッホは外に出た。

ナッシュ広場にもどって、立ちならぶ屋台のうしろに乱雑につみ重ねた果物や野菜の空き箱を見ていると、まるでそれらの木箱は一種の悪ふざけで、本気なものではないかのような、またしてもそんな気がしてきた。言葉のない冗談みたいだ！と、言葉のない冗談を見ているのが好きなブロッホは考えた。このようなカムフラージュと空(から)騒ぎの印象――〈ナップサックのなかに主審(レフリー)のホイッスルを忍ばせた空騒ぎ！〉とブロッホは考えた――は、彼が映画館にはいってからやっと消えた。映画では、ひとりの喜劇役者がゆきずりの駄賃に、古物商の店先きからトランペットを失敬し、それからいかにも当然顔をして試し吹きをやってみて、このトランペットもその他のすべての品々も、いつわらぬものでありあいまいならぬものであることを改めて知る、というのである。ブロッホは心が安らいだ。

映画がはねてから、彼はナッシュ広場にならんだ屋台の間でキップ売り娘を待った。最後の上映がはじまってしばらくすると、彼女は映画館から出てきた。屋台の間からつかつか出ていって彼女をびっくりさせてはまずいと思い、彼女がナッシュ広場のやや明るい辺りに来るまで、彼は木箱に腰かけたままでいた。店じまいした屋台のひとつの、引きおろされた生子(なまこ)板の奥で電話が鳴った。この屋台の電話番号が生子板に大きく書いてある。〈無効だ！〉と、ブロッホはたちまち考えた。彼はキップ売り娘のうしろから、追いつかぬほどについていく。彼は彼女がバスに乗る間際にちょうどいっしょになり、つづいて乗る。彼は彼女の向いに、といっても間には二三列の座席をへだててすわる。停留所がひとつ過ぎて新たに乗った人々が彼の視野をさえぎるようになってはじめて、ブロッホはふたたびよく考えはじめることができた――彼女はたしかに彼を見たが、明らかに誰であるか見分けてはいない。さっきのなぐり合いで、そんなにも変ったのだろうか？　ブロッホは自分の顔にさわってみた。バスの窓ガラスをちらっと見て、彼女がいま何をしているかを探ったってばかばかしいことだと思った。上衣の内ポケットから新聞を取り出したが、目は字面をすべるだけで読んではいない。やがて突然、彼はいつの間にか読んでいる自分に気づいた。一人の目撃者がポン引き殺しについて報じている。至近距離から目に撃ち込まれたのだ。〈ポン引きの後頭部から一匹の蝙蝠が飛び出して、壁紙へバサッとぶつかりました。わたしの心臓は鼓動を飛びこしました。〉この二つの文章が行を改めずに、出し抜けに全く別のこと、別人のことを取り扱っているのを見て、彼はびっくりした。〈こういう場合は、なんといっても改行しなくちゃいけなかったのに！〉と、しばし驚いたあとでブロッホは憤然として考えた。彼は中央通路を通ってキップ売りの娘のそばへいき、その斜め向いにすわったので、彼女をよく見られるわけだが、しかし彼は彼女を見なかった。

バスを降りてみて、ブロッホは自分たちが市内を遠くはなれ、空港の近くに来ていることを知った。今は夜だから、この辺りはたいへんしずかだ。ブロッホは娘とならんであるいていったが、彼女と連れになろうとか、まして連れだっているふうにではない。しばらくして彼は彼女に触れた。娘は足をとめ、彼の方に向いて自分も彼に触れた、彼がびっくりするほど激しく。彼女の空（あ）いた手にもっているハンドバッグの方が、彼には彼女自身よりも、一瞬、より親しいものに思われた。

ひととき、ふたりは並んで、触れ合わないほどに少し間をおいてあるいていった。階段部にはいってはじめて、彼はふたたび彼女に触れた。彼女は走りだし、彼は更にゆっくりあるく。彼が階上についてみて、ドアがひろくあけてあることから彼女の部屋だと分った。彼女は暗いなかで自分の所在をしらせ、彼はその方にあゆみ寄り、そしてふたりはたちまち許し合った。

23　不　安

朝方、彼は何かの騒音に目をさまされて、アパートの窓からのぞくと、たまたま飛行機が一機着陸するのが見えた。機体についている指示灯の明滅が彼にカーテンをひかせた。その時まで彼らは全く明かりをつけなかったので、カーテンはあけたままだったのだ。ブロッホは横になって目をとじた。

目をとじていると、何かを心に思い浮かべることのできない、或る妙な不能感におそわれた。部屋のなかのいろいろな対象を、あらんかぎりのすべての名称でもって想像してみようとするのだが、何ひとつ思い浮べることができない。飛行機ですら、今さっき着陸するのをまのあたりに見たばかりだし、そのブレーキの唸りが今は滑走路でしているのもさっきからよく聞き分けていながら、頭のなかにどうにもイメージが描けないのだ。彼は目をあけて、炊事用の凹(ニーシェ)みのある一隅にしばらく目をやり――やかんと、流し台から垂れている枯れた花とを心に刻みつける。目をとじるや否や、たちまち花もやかんもすでにイメージの描けぬものとなっているのだ。彼はこれらの物をあらわす言葉ではなしに、文章を組み立てることによってなんとか切り抜けようとする。それらの文章から成るひとつの物語りが、それらの物を心に描くのを容易にしてくれるかと思ったからだ。やかんが笛を吹く。あの花は或るボーイフレンドから娘に贈られたものだ。誰も電気レンジからやかんをおろさない。《お茶をいれましょうか?》と娘が訊いた。そんなことをしても何の役にもたたぬ——ブロッホはどうにもたまらなくなって目をあける。かたわらの娘は眠っている。

　ブロッホはいらだってきた。一方、目をあけていれば周囲からのこの圧迫感、他方、目をとじていれば、周囲のいろいろな物をあらわす言葉からの、なお更にひどいこの圧迫感！　〈これは、自分がまさしくこうしてまだ彼女といっしょに寝ているせいなのか?〉と彼は考えた。彼は浴室にゆき、ながくシャワーをあびた。

　もどってみると、事実やかんが笛を吹いていた。《シャワーの音で目がさめたわ!》と娘が言う。ブロッホは彼女が直接彼に話しかけたのははじめてのような気がする。ぼくはまだ気分が本当にはしゃんとしていない、と彼は答える。蟻がやかんのなかにいるのかナ?《蟻ですって?》煮えたぎった湯がやかんからポットの底の茶の葉にそそがれたとき、彼が見たのは茶の葉ではなく、むかし煮え湯をぶっかけたときの蟻だった。彼はふたたびカーテンをひきあけた。

蓋のあいた丸かんのなかの茶は、光線が丸い小さな蓋の口からだけはいるので、内側の反射で妙にあかるんでいるようだ。その丸かんをもってテーブルにすわっていたブロッホは、じっと蓋の口のなかをのぞき込む。片手間に娘と喋りながらだが、茶の葉独特のかがやきにたいへん魅せられたことが彼を楽しませた。結局、彼はかんに蓋をし、しかし同時に口を利くのもやめた。娘は何も気にかけてはいない。《わたし、ゲルダって言うの！》と彼女が言う。ブロッホはそんなこと少しも知りたいとは思っていなかった。何か気にかからなかったかい、と尋ねたが、彼女はもうレコードをかけていた。電気ギターに編曲されたイタリーの歌だ。《このひとの声が好き！》と彼女が言う。ブロッホはイタリーの流行歌にはとんと弱いので黙っていた。

彼女が朝食のために何かを取りに席をちょっとはずしたとき――《月曜だわね！》と彼女が言う――ブロッホはやっとすべてを落着いて目にとめることができた。食事しながらふたりは大いに喋る。しばらくしてブロッホの気づいたことだが、彼女は、彼が今はじめて話した事なのに、たちまち彼女自身の事のようにして話すのだ。彼の方はそれとは逆に、彼女が今さっき話した事について述べる場合、いつも彼女の言葉をただもう注意ぶかく引用するか、或は彼が自分の言葉で語るとなれば、何か改まった、隔てをおいた〈この〉とか或は〈これらの〉とかいう語をいつでも頭につけるのだ。それはまるで彼女に係わる事柄を、自分の事柄にするのを怖れてでもいるかのようだ。彼があの現場監督のこととか或は例えばシュトゥムという名のサッカー選手のことを口にすると、彼女はすぐひき取って事もなげに〈あの現場監督〉とか〈シュトゥム〉とかと口に出して平気なのだ。ところが彼の方は、たとえば彼女がフレッディと名のる知人や〈シュテファンスケラー〉という名称の酒場のことを話した場合、それへの返事には、いつでも――〈このフレッディ?〉とか〈このシュテファンスケラー?〉とか言うのである。彼女の口にするすべての事は、彼がそれに係わりをもつことを拒むのだ。彼の言ったことを彼女がいかにも無遠慮に（と彼は感じる）利用するのが、どうにも彼の気にさわる。

その合間には、むろん二三度だったが、対話がちょっとの間彼女にとっても彼にとっても極く当然な場合もあり——つまり彼が彼女に問い、そして彼女が答える、或は彼女が問い、彼が当然な答えをする場合もある。《あれジェット機かい？》……《いいえ、あれはプロペラ機よ。》……《あんた、どこに住んでるの？》……《第二区だ。》あやうく彼は彼女になぐり合いのことすら物語るところだった。

しかし、やがて何もかもがいよいよ彼の気にさわってきた。彼は彼女に、まさに答えようとして、しかしふとやめる。というのは、彼は、自分の言おうとしている事が既知のことに思えるからだ。彼女は落着かなくなり、部屋のなかをあちこちあるき、何かと用事をさがし出し、ときどき気が抜けたように笑う。レコードを裏がえしたり取りかえたりで、ひととき過ぎる。彼女は立ちあがり、ベッドへいって横になり、彼は寄りそってすわる。今日は仕事にいかないの？　と彼女が尋ねた。

突然、彼は彼女ののどを絞(し)めた。彼がやにわにきつく押しつけたので、彼女はそれをなお冗談だと思う暇さえなかったのだ。外の廊下にブロッホは人ごえを聞いた。彼は死の不安をおぼえる。彼女の鼻から何か液体がながれ出ているのに気づいた。彼女が呻(うめ)く。最後にボキッというような音が聞えた。でこぼこの田舎道で、突然石ころが自動車の腹に当ったときのような感じだ。唾液がリノリュゥムの床にしたたっていた。

胸ぐるしさがいかにもはげしく、彼はたちまち眠くなった。床へ体を横たえたが、眠りもならず頭もあがらない。誰かが外から布切れでドアのつまみをたたくような音が聞えた。彼は耳を澄ます。何も聞えはしなかった。してみると、彼はやはり寝入っていたにちがいない。

目がさめるのにながくはかからなかった。すでに目ざめてゆく最初の瞬間から、われながら体のあらゆる個所があけっぴろげのような気がする。部屋のなかに風がながれているみたいだナ、と思う。あのときはかすり傷ひとつしていなかったはずだ。それなのに全身からリンパ液がにじみ出ているように想像する。彼はすでに立ちあがり、部屋のなかのすべての対象を、いわばふきんでぬぐい消していた。

彼は窓からのぞく——下を誰かが、ハンガーにつるした服をいっぱい片腕にかかえ、芝生をわたって配達車の方へ走っていった。

彼はエレベーターでその家を出ていき、しばらくは方向を変えずにあるいた。それから郊外バスで電車のターミナルまでいき、そこから市内まで乗っていった。ホテルに帰ってみると、彼がもどらぬものと思ってか、彼の鞄はすでに保管されているのだった。支払いをしている間に、ボーイが控え室から鞄を出してきた。はっきり輪型の跡がついていることから、尻のぬれた牛乳瓶をその上においたにちがいないことが分る。ポーターが釣り銭をひろい集めている間に彼は鞄をあけてみる。すると鞄の内容もちゃんと調べてあるのに気づいた。歯ブラシの柄が革ケースから頭を出し、ポケットラジオがいちばん上に載っている。ブロッホはボーイの方をふり返ったが、相手はもう控え室に消えていた。ポーターデスクのうしろはあきがひどく狭いので、ブロッホはポーターを一方の手でひき寄せ、さてひと息ついてから、もう一方の手でポーターの顔に平手打ちをくらわすことができる。実はブロッホの手は全く当りはしなかったのに、相手はぴくっと身をひいた。控え室のボーイは音も立てずにいた。ブロッホは鞄をかかえてさっさと出ていった。

彼は昼休み前のちょうどいい頃合いをみて会社の人事課へ書類を取りにいった。それがまだ用意されておらず、まだあれこれ電話でやりとりせねばならないのが、ブロッホには不審だった。彼は自分の方で電話をかけるゆるしを求め、前の妻を呼んだ。子供が電話口に出てきて、お母ちゃんはいないよ、と覚え込まされた文章をたちまち喋(しゃべ)りはじめたので、ブロッホは受話器をおいた。かれこれするうちに書類がととのい、彼は失業保険のカードを鞄につっ込み、それからまだ未払いになっている賃金のことをそこの女に尋ねたが、女はすでに立ち去っている。ブロッホは電話の料金を机においてそこを出た。

どこの銀行もすでに閉っていた。そこで昼すぎまでそこらの公園で時間待ちをし、やがて当座預金から現金を——彼は銀行に口座など持ったことがない——引き出すことができた。この金だけでは大したこともなさそうなので、まだ新品同様のトランジスターラジオを買いもどさせようと決心した。第二区にある自分の宿舎まででバスで帰り、フラッシュ器具と電気カミソリも持ち出した。やがて店では、代りに新しい品を買ってくれさえすればそれらの品を買い取りますが、と言う。ブロッホはふたたびバスで自分の部屋へひき返し、旅行鞄のなかから二個の優勝カップと——むろんそれは彼のチームが一つは或るトーナメント試合で、一つはワールドカップ戦で獲得したもののコピーにすぎないが――副賞の二個の金めっきしたサッカー靴とを持ち出した。

古物商の店ではじめ誰も出てこなかったので、彼は品物を取り出し、すぐにそれを売り台の上にならべた。こうすると、その品物をいかにも売物として受け取られたかのようにさっさと台の上にならべたことが、彼には余りにも当然のことのように思えてくる。そして彼はそれらをすばやくまた台から取りあげ、ごていねいにポケットのなかに隠し、品物は？　と尋ねられてようやく台にもどすのだった。奥の商品棚にオルゴールを見つけたが、それには陶製の踊り子人形がよくあるポーズで立っている。いつもながらオルゴールを見ると、いつかすでにそれを見たことがあるような気がしてならない。やがて彼は掛け引きなしに、自分の品物に与えられた最初の付け値でたちまち手を打った。

部屋から持ち出した軽いコートを腕にかかえて、やがて彼は南駅まで乗った。バスまでの道で、新聞売りのおばさんに出会う。いつもは辻売店（キオスク）でこのおばさんから新聞を買うことにしている。彼女は毛皮の外套をまとい、犬をつれていた。新聞を一部抜き取って代金を手渡すとき、彼女の黒い指先きをちらっと見ながら、いつもはよく彼女とお喋り(しゃべ)したものだが、今日のように辻売店(キオスク)をはずれると、彼女は彼が見分けられないらしい。とにかくおばさんは目もあげず、彼の挨拶に返しもしなかった。

一日の間に国境方面ゆきの列車は少いので、ブロッホは次の列車の発車までの時間を、ニュース映画館へはいってそこで眠って過す。ふと辺りがかなり明かるくなり、あけたてする幕の音がひどく身近かに感じられた。幕が果してあいたのかしまったのか確かめようとして、彼は目をひらく。誰かが懐中ランプで彼の顔を照らした。彼はその出札係の手からランプをたたき落し、映写場の並びにある洗面所へいった。ここは静かで、陽の光がさし込み、ブロッホはしばらくたたずんでいた。

出札係が彼のあとを追ってきて、警官を呼ぶと言って脅した。ブロッホは水道栓をあけて両手を洗い、それからドライヤーのボタンを押して出札係が消え失せるまで両手を温風にかざしていた。

それからブロッホは歯をみがいた。片手で歯をみがき、片手はゆるくこぶしにして独特なポーズで胸に当てている姿が鏡に映っているのをながめていた。映写場からは動画の人物の叫びや騒ぎが聞えてきた。

ブロッホにはむかしひとりの女友達があったが、彼女は現在南部国境の或る町で酒場を営んでいると聞いていた。全国の電話帳を備えつけている駅郵便局で彼女の電話番号をさがしたが徒労だった。その町には二三軒の飲み屋があるが、その経営者の名が出ていない。おまけに、電話帳を取りあげるのが――電話帳は背を上にして一列にかけてある――間もなくわずらわしくなった。〈電話帳は顔を伏せて……か〉と、彼はふと思った。警官がはいってきて彼の身分証明書を求めた。

出札係から苦情の申し立てがあってねえ、とその警官は言い、証明書とブロッホの顔とをこもごも見おろす。ひとときして、ブロッホは詫(わ)びを言うつもりになった。ところが警官は、俺はもう広く巡回してきたんでねえ、と言いながら、さっさと証明書を彼に返していた。ブロッホは警官のうしろ姿も見ずに、すぐさま電話帳を元にもどす。叫びごえがしたのでブロッホが目をあげると、目の前の電話ボックスのなかでギリシャ人の外人労働者(ガストアルバイター)が電話口でひどく大声で話しているのが見えた。ブロッホはあれこれ考えた末、列車はやめてバスでいくことにする。乗車券を払いもどしてもらい、ソーセージパンひとつと二三の新聞を買い込んでから、実際にバスターミナルの方へ出ていった。

乗合バスはもう来ていたが、むろんまだ閉まっている。運転手たちは少し離れた所にかたまって立ち話しをしていた。ブロッホはそこらのベンチに腰をおろす。陽が照っている。ソーセージパンをたべたが、新聞は横においたままだ。それは数時間の乗車のために残しておいたからである。

車体下の両側にあるトランク入れはかなりすいたままだ。荷物持ちの人が少いのだ。ブロッホはうしろの折りたたみドアが閉まるときまで外で待った。やがて彼はすばやく前方から乗り込み、そしてバスは発車した。外からの呼びごえですぐまた止まる。ブロッホはふり向かない。泣きわめく幼児をつれたひとりの農婦があやうく滑り込んだ。車内ではその子もおとなしくなり、やがてバスは発車した。

ブロッホは自分がちょうど車輪の真上の座席にすわっていることに気づいた。その床がまるく盛りあがっているので足がすべる。彼は最後部の長い座席にかわる。ここなら必要とあらば後方が楽にながめられる。席につくと、別に何の意味もないのだが、バックミラーにうつる運転手の目をのぞいて見た。ブロッホは鞄をうしろにおくとき体をねじったのをしおに、窓の外に目をやった。折りたたみドアがはげしく鳴っていた。

車内の他の座席の列は乗客を前向きにさせているのに対し、彼の前の二列は向い合いになっている。だから次々うしろへとすわった旅行者たちが、発車するとすぐほとんど誰もが話しをしなくなったのに、彼の前の旅行者たちはすぐもう喋りつづけている。この人たちの話しごえがブロッホには快くひびき、耳を傾けていられるのが彼を気楽にしてくれた。

しばらくして――バスはすでに長距離道路に出ていた――彼の横の隅にすわっていた女が、お金を落されましたよ、と彼の注意を促した。彼女は――《これ、あなたのお金ですね？》と言いながらもたれとシートとの間の割れ目から一枚のコインをひろい出して見せた。彼と女との間のシートのまん中に二番目のコイン、つまりアメリカのセント貨が一枚あった。ブロッホは、その金はさっきふり返ったときにきっと落したのでしょう、と答えながら二枚のコインを受け取った。しかしその女は彼がふり返ったのに気づかなかったものだから、問いただしはじめ、ブロッホもふたたび答える。二人はそうするには不自然なすわり方だったが、おいおい少し言葉を交わすようになった。

話したり耳を傾けたりで、ブロッホはそれらのコインをしまい込む暇がない。それは彼の手のなかで温くなっていて、まるでそれはたった今どこかの映画館のキップ売り場から彼の方へ押し出されたばかりのようだった。これらのコインは、ほんのさっきサッカー試合の前に座席えらびのために投げあげたのでこんなに汚れているんです、と彼が言う。《わたしにはそんな事さっぱり分りません！》と旅の女が言う。ブロッホはそそくさと新聞をひろげる。《表か裏か！》と、はやくも女が話しつづけるので、ブロッホはまた新聞をたたまねばならない。さっき車輪の上の座席にすわったとき、横の鈎(かぎ)にかけておいたコートの釣り手が、垂れた裾の上へ彼が急激に腰をおろしたためち切れた。ブロッホは膝にコートをおき、女の前に八方破れの気持ですわっていた。

道路がだんだんひどくなってきた。折りたたみドアがぴったり閉っていなかったので、外の光が隙間から車内をちらちら照らすのをブロッホは見ていた。隙間の方へ目をやらなくても、新聞の紙面にもちらちらするのが分る。彼はつぎつぎ行を追って読む。やがて彼は目をあげて、前方の旅行者たちを観察した。遠くにすわっている者ほど快くながめられる。しばらくすると、車内の光のちらちらが止んでいるのが彼の注意をひいた。外が暗くなっていたのだ。

ブロッホはこんなにも多くの細々(こまごま)したものを気にとめることに慣れていなかったので頭がずきずきしてきたが、それはきっと彼がたずさえている多くの新聞の匂いのせいもあったろう。さいわいバスは郡部の或る町で停車し、旅行者たちにはドライブインで夕食が供された。ブロッホが車外を少しぶらぶらしている間に、なかの酒場ではタバコの自動販売機が何度もなんどもガチャガチャ鳴るのが聞えた。

前の広場に明かりのついた電話ボックスが見える。疾走するバスの唸りが耳鳴りのようにまだ残っていたので、ボックスの前に敷かれた砂利のきしむ音が快かった。彼は新聞をボックスのわきの屑籠のなかへ投げ入れ、ボックスのなかへ閉じこもる。《俺は恰好な標的になっている！》と、或る映画のなかで誰かが夜の窓辺に立ってそう言うのを聞いたことがある。

　電話には誰も出てこなかった。ブロッホがふたたび外に出て電話ボックスの蔭のなかにいると、ドライブインの閉まったカーテンの奥でゲームマシンの激しくチリンチリン鳴るのが聞えた。酒場へはいってみると、そこにはいつの間にかほとんど人影がなく、たいていの旅行者は外に出ていた。ブロッホは立ったままでビールを一杯飲んでから戸口へ出てみると——もう車内にすわっている者も数人あり、ドアの所に立って運転手と談笑している者もあり、ずっと離れて車に背を向けて暗がりに立っている者もある……ブロッホはこんな観察をしているのがいやになり、手で口をぬぐった。ただ目をそらせばいいのに！　彼が目をそらすと、戸口には子供をつれて洗面所から出てくる旅行者たちが見えた。彼が口をぬぐったとき、座席の背にある握りの金具の匂いがした。〈これはほんとではない！〉とブロッホは考えた。運転手が乗車し、他の人たちも乗るようにとの合図にエンジンをかけた。〈まるで連中は意味が分らなかったとでもいうふりをして！〉とブロッホは考えた。発車の際、あわてて窓から投げすてたタバコの火が路上でパチパチ散った。

彼の横にはもう誰もすわっていない。ブロッホは片隅に身をひそめ、両足を座席にのせる。靴の紐をとき、側面の窓へもたれて、反対側の窓へ目をやる。両手を頸(くび)のうしろに組み、足先きでパン屑を座席から突きのけ、両の腕を耳に押し当てて目の前の肘(ひじ)を見つめる。彼は両肘の内側をこめかみに押しつけ、シャツの袖の匂いをかぎ、上腕へ頤(あご)をこすりつけ、頭をうしろへ倒し、そして天井の照明に目をそそいだ。なんとしても、もう止まらない！　彼は身を起すよりほか切り抜けるすべを知らなかった。

土手のうしろに立ちならぶ樹木の影が、車がそばを通過する際に木々のまわりをぐるっと廻る。フロントガラスについている二つのワイパーが完全には同じ方向を示していない。運転手の横の乗車券鞄の口があいているらしい。車内の中央通路に手袋みたいなものがひとつ落ちている。道路ぞいの牧草地には牛が寝ている。それを否認しようたって無益だ。

用を足せる停留所で下車する客もだんだん多くなる。彼らが運転手のそばまでいくと、運転手は彼らを前のドアからおろす。バスが止まったとき、ブロッホは屋根の上で幌(ほろ)がバタバタ鳴るのを聞いた。やがてバスはまた止まり、外の闇のなかで挨拶を呼び交わしているのが聞える。ずっと離れたところに遮断機のない踏み切りが認められた。

真夜中ちょっと前、バスは国境の町に止まった。停留所のかたわらにある田舎ホテルで、ブロッホはすぐ部屋が得られた。彼を階上へ案内してくれた娘(メイド)に、ヘルタという名しか分っていないのだがと言って、知人の女のことを尋ねてみた。娘(メイド)は情報を聞かせてくれた――その方はこの町の少しはずれで酒場を賃借りしてやっておられます、と言う。あの物音は何?と、すでに部屋についたブロッホは、ドアの所に立っている娘(メイド)に訊いた。《数人の若い人たちがまだ九柱戯遊(ケーゲルシーベン)びをやっているんです!》と娘(メイド)は答えて部屋を出ていった。ブロッホは辺りを見まわすいとまもなく服をぬいで手を洗い、ベッドにもぐった。階下のガラガラガチャンはなおしばらくつづいたが、ブロッホはすでに寝入っていた。

彼はひとりでに目がさめたのではなく、何かに起されたのにちがいなかった。ど

41　不　安

こもかしこもシーンとしている。何に起されたのかとブロッホはゆっくり考えてみた。しばらくして、自分は新聞をたたみ直す音で起されたのだ、と想像しはじめた。それとも戸棚のきしむ音だったのか？　ほんとうは一枚のコインが、椅子の上にだらしなく掛けておいたずぼんから落ちてベッドの下へころがったのだ。

壁には、トルコ戦役の頃のこの町を描いた一枚の銅版画があった。街の外壁の前を町民たちがそぞろ歩いている。外壁のうしろの鐘楼には鐘がひどく斜めにかかっているが、それだからこそ激しく鳴るのだと思わせられる。ブロッホは、下の鐘つき男がどんなにして鐘なわで釣りあげられたのかを考えてみた。外では町の人々がぞろぞろと外壁の門の方へあるいていくのが見える。数人は子供を腕にして走り、犬がひとりの子供の脚の間で尾をふり、その子供はつまずいているようだ。礼拝堂の塔の小さい非常用の鐘も、ほとんど宙返りせんばかりに描き込まれている。

ベッドの下には燃えさしのマッチ棒がただ一本あっただけだ。外の廊下のずっと遠くの方で、またしても鍵穴のなかでキーのきしむ音がした。きっとあの音で彼は目がさめたのだ。

朝食のときブロッホは、二日前からひとりの歩行障害の学童が行方不明になっているということを聞いた。これは娘（メイド）がバスの運転手に話していたのだ。運転手はこのホテルに一泊し、あとでブロッホが窓越しに観察したところでは、ほとんどがら空（あ）きの車で引き返していった。そのあとで娘（メイド）も出ていったので、しばらくブロッホは食堂にひとりすわっていた。かたわらの椅子の上に彼は新聞をつみ重ねた。読んでみると、それは身体障害ではなく、言語障害の学童のことだった。娘（メイド）はもどってくるとすぐ、弁解がましく説明したのだが、この子のことは世間をたいへん騒がしていた。これに対してどう言っていいか、ブロッホには分らない。やがて外の中庭を運んでくる木箱のなかでビールの空瓶がガチャガチャ鳴った。戸口で聞えるビール運搬人たちの声は、なんだかそこのテレビからでも出てくるかのように聞える。ここのご主人のお母さんは終日隣りの部屋にすわって、パートタイマーの勤務表とにらめっこしていなさるんですよ、と娘（メイド）は彼に話した。

そのあとでブロッホはとある雑貨屋でシャツ一枚、下着、二三足の靴下を買った。そこの女店員は、しばらく待たせてから、かなり暗い倉庫から出てきたのだが、完全な文章で話しかけるブロッホの言うことがよく分らないらしい。ほしい品物に対する言葉をバラバラにして言い聞かすと、やっと彼女はまた動きはじめるといった具合である。レジスターの引き出しをあけながら、ゴム長靴も届きました、などと言う。彼女は品物をビニールの提げ袋に入れて彼に手渡しながらでも、ほかに何かいりませんか、ハンカチは？　ネクタイは？　毛糸のチョッキは？　などとまだ訊くのだった。ホテルに帰ってからブロッホは着更えをし、汚れた下着はビニール袋へ分けて入れておく。やがて彼は外の広場でも町から出てゆく道でも、ほとんど人に出会わなかった。或る建築中の建物のかたわらでは、たまたまモルタルミキサーのスイッチを切ったところだった。辺りはじつに静かだったので、ブロッホには自分の足音が場違いのような気がした。彼は立ちどまって、製材所の材木の山にかぶせてある黒い幌をながめていると、なんだかそこでは、材木の山のかげにすわって軽食をたべている製材工たちが、絶えずぶつぶつ言っているのとは違う何かが聞えてくるかのようだった。

説明されたところによると、例の酒場は二三軒の農家や税関所といっしょに、アスファルト道路が弓なりにひと曲りして町へと通じている辺りに在るという。この道路から道が一本分れていて、これは人家の間では同じくアスファルト舗装だが、あとはただ砂利敷きになり、やがて国境のすぐ手前で小道になる。国境の通行は閉鎖されている、とのことだ。むろんブロッホは国境通行のことなどゆめにも尋ねたわけではなかった。

畑の上空に一羽の蒼鷹（あおたか）が舞っているのが見えた。やがて蒼鷹は見るまに羽ばたきして急降下したが、ブロッホには、自分がながめていたのは鳥の羽ばたきや急降下ではなく、畑のなかの、鳥が急降下するとおぼしき、その場所であったことが奇異だった。蒼鷹は急降下にはいったかと思うと、ふたたび舞いあがった。

これも奇異だったのは、とうもろこし畑のそばを通るときブロッホの目についたものが、とうもろこし畑の向うの端までまっすぐ通じている細道ではなくて、茎と葉と穂の――おまけに、そこにはところどころ裸の実（み）がのぞいていた――見透しのきかぬ繁みだけだったことである。おまけに？　ちょうど道がその真上を通っている小川はかなり激しい瀬音をたてていた。ブロッホはハッとして立ち止まった。

45　不　安

例の酒場では、ちょうど床を洗いながしているウェイトレスに出会った。ブロッホはこの店を借りている女主人のことを尋ねた。《まだ寝ておられます！》とウェイトレスが言う。ブロッホは立ったままでビールを注文する。ウェイトレスはテーブルから椅子をひとつおろす。ブロッホは二番目の椅子をテーブルからおろしてすわった。

ウェイトレスはカウンターのうしろへ廻る。ブロッホは両手をテーブルにおく。ウェイトレスは体をかがめて瓶をあける。ブロッホは灰皿をわきへ押しやる。ウェイトレスは通りがかりに別のテーブルからコップ敷きをひとつ取ってくる。ブロッホは椅子をうしろへずらす。彼女は瓶にかぶせてあったコップを取りのけ、コップ敷きをテーブルにおき、コップをコップ敷きの上におき、瓶をコップへ傾け、瓶をテーブルにおき、そして立ち去る。すでにまたはじまった！　ブロッホは自分が何をなすべきなのか、もう分らなくなった。

ようやく彼は、コップの外側をながれ落ちる一滴のしずくと壁の時計——その指針は二本のマッチ棒でつくられている——に目をとめた。一本のマッチ棒は折れていて時針にしてある。彼が目をとめていたのは、ながれ落ちるしずくではなくて、そのしずくが、やがてコップ敷きの上できっと出会うであろう、その個所であった。

ウェイトレスはその間に床にパテを詰めながら、おかみさんとお知り合いですか、と訊いた。ブロッホはうなずいたが、ウェイトレスが顔をあげたときになって、やっと、そうだと言った。

ひとりの子供が、あとのドアも閉めずにかけ込んできた。ウェイトレスに入口まで追い返されて、子供はやっと長靴をぬぎ、二番目のお説教のあとでドアを閉めた。《おかみさんの嬢ちゃんです!》とウェイトレスは説明し、それから子供をすぐに台所へ連れていった。彼女はまたもどってきて、数日前おかみさんの所へ男の人が見えましてね、と言う。《その人は、井戸掘りに雇われたんだと言い立てるんです。おかみさんはすぐまた追い返そうとしたんですが、向うは退散しようとせず、とうとうおかみさんは地下室を教えました。男は地下室へいくとさっそくシャベルを手に取ったものですから、おかみさんが人を呼びました。そこで男は立ち去り、そしておかみさんは……》ブロッホはやっとここで彼女の話しの腰を折ることができた。《それからというもの、子供さんはあの井戸掘り人がもどって来はしないかと怯えているんです。》しかしその間に一人の税関吏がはいってきて、カウンターで火酒を一杯ひっかけていた。

行方不明の生徒さんはもどってきましたか、とウェイトレスが訊くと、税関吏は答えて――《いや、まだ見つかっていない。》

《でも見えなくなって、まだ二日にもなりませんね。》とウェイトレスが言う。税関吏はそれに答えて――《だが夜分はもう相当冷えるからねえ。》

《でもあの子は温く着込んでいましたよ。》とウェイトレスが言う。うん、あの子は温く着込んでいたね、と税関吏が言った。

《遠くへはいっていないはずだ。》と彼は言いそえた。遠くにいってるはずはありませんね、とウェイトレスが合槌をうつ。ブロッホはジュークボックスの上の方に、欠け損じた鹿の角を見つけた。あれは地雷を敷設した地帯に迷い込んだ鹿のものなんです、とウェイトレスが説明した。

台所で物音が聞えたので彼が耳を傾けると、それは人ごえだった。閉ったドア越しにウェイトレスが声をかける。女主人が台所で答える。こうしてしばらく二人は話し合っていた。やがて何か答えながら女主人がはいってきた。ブロッホは彼女に挨拶した。

彼女は彼のテーブルにいって、といっても彼の横にではなく向いにすわった。両手はテーブルの下で膝においている。あけ放したドアから、台所で冷蔵庫の低い唸りが聞える。子供はそのそばにすわってパンをたべている。女主人は彼を、まるで絶えて久しく会わなかった人のように見つめる。《お久しぶりですねえ！》と彼女が言う。ブロッホはここに足をとめるようになったいきさつを物語った。ドアの間から、かなり遠く離れて台所にウェイトレスがすわっているのが見える。女主人は両手をテーブルにおき、手の平を上にしたり下にしたりしている。ウェイトレスは、ブロッホが彼女のために頼んでいた飲み物をもってきた。どっちの〈彼女〉のことか？　いつのまにか誰もいなくなった台所で冷蔵庫がガタガタ震えた。ブロッホはドア越しに、台所の調理台の上にのっているりんごの皮をつくづくながめる。

調理台の下にはりんごを山盛りにした鉢があり、二三個は落ちて床のあちこちにころがっている。ドア枠の釘に作業ずぼんが掛っている。女主人は灰皿を自分と彼との間にひき寄せていた。ブロッホがビール瓶をわきへやると、彼女はマッチ箱を自分の前におき、更に自分のコップもそれに添えておいた。とうとうブロッホは自分のコップとビール瓶をその右横に押しやる。ヘルタが笑った。

子供がはいってきて母親の椅子のうしろにもたれる。子供は台所用の薪をとりにやらされたが、片手でドアをあけた拍子に薪を落した。ウェイトレスがひろい集めて台所へ運んでいる間に、子供はまた女主人の椅子の背にもたれる。ブロッホは、これらの出来事がなんだか自分に向けられたのかも知れない、という気がした。

誰か外から窓をノックする者があったが、すぐまた立ち去った。地主の息子さんです、と女主人が言う。それから外を子供たちが通りがかり、そのうちの一人が足早やに近づき、顔を窓ガラスに押しつけて、また走り去った。《学校がひけたんです！》と彼女が言う。やがて部屋のなかが暗くなった。それは外の路上に一台の家具運搬車が止まったからだ。《おや、うちの家具が来たんだわ！》と女主人が言う。

ブロッホは気が軽くなっていたので、椅子を立って、家具を運び込むのを手伝うことができた。

運び込むときに衣装戸棚の扉があいた。ブロッホはそれを足で突いてしめる。戸棚が寝室に備えつけられると、扉がまたひらいた。運搬人のひとりがブロッホに鍵を渡し、彼は施錠する。いや、ぼくは持ち主じゃないがね、とブロッホが言った。それから彼が何か言えば言うほど、だんだん彼自身ふたたび持ち主らしい気がしてくる。女主人が彼を食事に招いた。ブロッホは、なんとかして彼女の所に泊る下心だったくせに、それを断わる。しかし彼は晩にはもどってくるつもりだった。彼がすでに閾(しきい)をまたぎかけたとき、ヘルタが——彼女は家具がおろしてある部屋から話している——彼に答えた。とにかく、彼は彼女が何か叫ぶのを聞いたような気がしたのだ。彼は店へひき返したが、すべてあけひろげたドアから、ウェイトレスが台所の炉のそばに立っているのが見えただけで、女主人は寝室で衣類を衣装戸棚へ片づけていたし、子供は店のテーブルで学校の宿題をやっていた。さっき外に出ようとしたとき、彼は炉にかけた湯の煮えたぎる音を、叫びごえとどうやら取り違えたものらしい。

税関所の窓はあいていたが、部屋のなかをのぞき込むわけにはゆかず、外からでは室内は暗すぎた。しかし内からはブロッホの姿が見えたにちがいない。通りすぎる際に、彼自身が息をのんだことでそれが分る。窓が大きく開いているにもかかわらず、室内には誰もいなかったなんてことがあり得るか？　なぜ〈にもかかわらず〉なのか？　窓が大きく開いているから、部屋には誰もいなかった、なんてことがあり得るか？　ブロッホがふり返ってみると――彼のうしろ姿がよく見えるように、ビール瓶さえ窓框から取りのけてあるではないか。瓶がソファの下へころがり込むような音が聞えた。とはいうものの、税関所の部屋のなかにソファがあるとは期待できない。かなり離れてからはじめて、あの部屋でラジオが鳴っていたことが彼にはっきりした。ブロッホは道路が弓なりに曲っている所を通って町へ帰っていった。気もちも軽くなって一度はかけだしもしたほど、ゆく手の道路はたいへん見透しもよく単純に町のなかへと通じていた。

ひととき、彼は家並みの間をあるき廻った。とあるカフェで、主人がジュークボックスに電気を入れるのを待って二三曲レコードのボタンを押す。まだ全部の曲がおわらぬうちに店を出た。外で、ふたたび主人が差し込みプラグを抜く音が聞えた。あちこちのベンチにはバスを待つ学童たちがすわっていた。

果物売りの屋台の前で彼は立ち止まったが、位置がずっと離れていたので、果物の奥にいる女は彼に声をかけることができない。彼女は彼に目をそそぎ、彼が一歩近づいてくるのを待った。彼のまん前に立っていた子供が何か言ったが、女は答えない。やがて、うしろから近づいてきた憲兵がぴったり果物の前に立ちふさがったので、彼女はたちまち憲兵に話しかけだした。

この町には電話ボックスがない。ブロッホは郵便局から或る友人に電話をかけることにした。窓口の前のベンチで待っていたが、電話は通じない。日中の今の時刻には回線が混んでいますのでね、とのことだ。彼は女局員に憎まれ口をたたいて、立ち去った。彼が町はずれにある浴場のそばを通りがかったとき、二人の憲兵が自転車で彼の方にやってくるのが見えた。ケープを着てるナ！と思った。果して、彼の前に止まった憲兵たちはケープをまとっていた。そして車からおりても、自転車に乗るときの裾留め金具をずぼんからはずしもしない。ブロッホはまたしてもオルゴール時計に目をやったときのように、すべてこんな情景をすでに一度見たことがあるような気がした。浴場のなかへ通じる柵の戸は閉っているのに、彼は戸から手を離していなかった。《浴場は閉鎖している。》とブロッホは言った。

憲兵たちは親しげな口を利いてはいるが、実は何か全く別の意味で言っているらしい。いずれにせよ彼らは〈ゲー・ヴェク！（行きたまえ）〉とか〈ベヘルチゲン（考慮する）〉とかの言葉を、わざと誤って〈ゲーヴェク（歩道）〉とか〈ベッヒャー・チーゲン（山羊）〉などと妙なアクセントをつけたり、同じく〈レヒトフェルティゲン（無実をみとめる）〉とは言わずに〈ツア・レヒテン（ちょうど良い）・ツアイト・フェルティッヒ（時期に完成する）〉とか〈アウスヴァイゼン（証明する）〉ではなしに〈アウスヴァイセン（白く塗る）〉などと故意に言うのだ。なぜなら——憲兵たちが彼に百姓ベッヒャーの山羊（チーゲン）について話したことには、この山羊たちは、かつて扉があけ放しになっていたことがあるものだから、まだ全然開場していない公衆浴場のなかへ押し入り、そこのあらゆるものを、場内コーヒー店の壁までも汚してしまい、そのため場内を白く塗り直さ（アウスヴァイセン）なければならず、浴場がちょうど良い時期には完成（ツア・レヒテン・ツアイト・フェルティッヒ）しなかったのだ、だから君も扉は閉ったままにしておいて歩道(ゲーヴェク)に止まっているがいいよ、などと言ったが、これは一体どういう意味をもっていると言うのか？　憲兵たちは、自転車で立ち去るとき、小馬鹿にしたように、世間なみの挨拶さえもせず、というか或は、その挨拶にとにかく何か曰(いわ)くありげな含みをもたせているにすぎないのだ。彼らは肩越しにうしろを見もしない。何も隠しだてはしていないことを示すために、ブロッホはやはり柵のそばに立ち止まったまま、がらんとした浴場施設の内部へ目をやっていた。〈なんだか扉のあいた衣装戸棚のそばに寄って、何かを取り出そうとしてのぞき込んでいるみたいだナ〉とブロッホは思った。そもそも浴場施設のなかで何をするつもりだったのか、もう思い出せない。おまけに辺りは暗くなってきて、町はずれにある公共の建物の標識には、もう明かりがついていた。ブロッホは町へひき返す。彼のそばを駅の方へかけ抜けてゆく二人の娘のうしろから、声をかけた。彼女らは走りながらふり向き、何か叫び返した。ブロッホは空腹だった。ホテルにもどって食事をした。そのとき、隣室ではすでにテレビの音がしていた。あとで彼もコップをもってそこへはいっていき、番組の終りでテストパターンが出るまで見ていた。彼はキーをもらって階上へいく。はやくも夢うつつながら、外で一台の無灯火の車が動きだす音が聞えたように思った。なぜ、よりによって無灯火の車が頭に浮んだのか、と自問してみたが、やはり駄目だった。かれこれするうち、彼は寝入ったのにちがいない。

ブロッホは路上のバタンとかシューとかいう音で目がさめた。塵芥を運搬車のなかへながし込む音だ。だが目を外にやると、実はたまたま発車するバスの折りたたみドアが閉まり、またずっと離れて牛乳罐を酪農場の積みおろし台へおろしているのが見えた。こんな田舎に塵芥運搬車なんかあるはずがない。またしても誤解がはじまった。

ブロッホはドアの所に娘(メイド)を認めた。腕にタオルの山をかかえ、その上に懐中ランプをのせている。彼が顔をのぞかせるより先に、彼女はふたたび廊下へ出た。彼女はドアを通るときにはじめて詫(わ)びをいったが、同時にブロッホも彼女に何か呼びかけたところだったので、彼女の言ったことが分らなかった。彼女のあとについて廊下に出る。彼女はもう別の部屋にはいっていた。ふたたび部屋にもどったブロッホは、いやにはっきりとキーを二度廻してドアを固く閉める。あとで彼は、すでに二つ三つ先きの部屋にはいっている娘（メイド）のあとを追い、それは誤解だよ、と弁明した。娘（メイド）はタオルを洗面台の上にかけながら、ええ誤解よ、さっきはきっと、廊下の端からで遠かったものですから、ステップにいるバスの運転手さんとあなたの声とを取りちがえたんですわ、それでわたし、あなたはもう階下（した）へいかれたものと思ってお部屋にはいったんです、と答えた。ブロッホはあいているドアの所に立って、そういうつもりじゃなかったのだ、と言う。しかし彼女はあいにく水道栓をあけたところだったので、やがて彼女は彼の文章をくり返してくれるようにと乞うた。それに対してブロッホは、このうちの部屋には衣装戸棚や衣装箱や整理だんすがやたらに多すぎるね、と答える。娘（メイド）は、ええそうなんです、それにひきかえこの宿にはほんとに人手がひどく少くて、さっきの取りちがえでもお分りのように、わたしの方の過労のせいなんです、と応じた。ブロッホは、衣装戸棚のことを言ったのはそんな意味じゃない、部屋のなかをまともに動けやしないと言うだけなんだ、と答える。それはどういう意味なの、と娘（メイド）が訊（き）く。ブロッホは答えない。彼女は汚れたタオル

57　不　安

をまるめながら、彼の沈黙を推しはかっている、というよりむしろ、ブロッホの方では、タオルをまるめるのを、彼の沈黙への返答だと解した。彼女はタオルを籠に抛り込む。またしてもブロッホは答えない。彼女がカーテンをひきあけたのは、そのせいだったのだろう、と彼は思った。そこで彼はすばやく暗い廊下へ出ていった。《そういうつもりで言ったんじゃありません！》と娘(メイド)は声をあげた。彼女は廊下へ彼のあとを追い、次にはブロッホが、残りの各室へタオルを配っている彼女のあとを追う。廊下の曲りかどで、彼らはそこの床においてある使いずみのシーツの山にぶっつかった。ブロッホが身をかわしたとたん、娘(メイド)の持っているタオルの山から石けん箱が落ちた。きみは帰り道で懐中ランプを使うのかい？とブロッホが訊(き)く。ボーイフレンドがいるんです、と娘(メイド)は顔をあからめて身を起しながら答える。このホテルには二重ドア付きの部屋もあるのかい、とブロッホが尋ねる。《そのボーイフレンドは実は家具職人なんです。》と娘(メイド)が答える。ぼくは、ホテルにはいった泥棒が二重ドアの間に閉じ込められるという映画を見たことがあるよ、とブロッホが言う。《うちの部屋からは、まだ何も無くなったことはありませんよ！》と娘(メイド)

が言った。

彼は階下の食堂で、キップ売り娘のそばにアメリカの小銭（ぜに）の五セント貨が一枚発見された、という記事をよんだ。そのキップ売り娘の知人たちは、彼女がアメリカ兵といっしょにいるのを見たことはなかった。今の季節にはアメリカからの旅行者もこの地方にはほとんどいない。そればかりか、或る新聞の欄外に、たまたま誰かと話しながら手すさびに書いたらしい金釘流の文字が見つかった、とのことである。この悪筆は明らかにキップ売り娘のではない。この文字が或は訪問者について何かを語るのではあるまいか、ということが調べられた。

ホテルの主人がテーブルにやってきて、ブロッホの前に宿泊カードをさし出し、これはもうずっとあなたの部屋においてあったんですよ、と言う。ブロッホはカードに記入した。主人は少し離れて立ち、彼を見ている。外の製材所で、折りから電気鋸（のこぎり）が材木を噛んだ。ブロッホの耳にはその騒音が何か禁じられた音のように聞えた。

さて主人はその宿泊カードをもったならカウンターのうしろへいくのが当然であ

ろうに、そのまま隣室へはいり、ブロッホがうかがっていると、なかで彼の母親と何か話している。ドアをあけ放している事からの予期に反して、主人はすぐには出てこず、いつまでも話しつづけ、しまいにはドアまで閉めてしまった。やがて主人ではなく老婆が出てきた。主人はそのあとにはつづかず、隣室に居残ってカーテンをひきあけ、それからテレビも切らずに、換気扇にスイッチを入れた。

やがて別の側から、娘（メイド）が電気掃除機をもって食堂にはいってきた。ブロッホは、当然彼女がその器具をもって道路へ出ていくものと予期していたのに、思いがけず彼女はそれをソケットにつなぎ、やがて椅子やテーブルの下をあちこち滑らしはじめた。それから主人も隣室のカーテンをふたたび閉め、主人の母親もその部屋にひき返し、最後に主人が換気扇のスイッチを切ったとき、ブロッホは、これで万事また元通りに納まるナ、というような気がした。

彼は主人に、この地方ではいろいろな新聞が読まれているかどうか尋ねてみた。《週刊新聞とグラフ雑誌だけです。》と主人が答える。ブロッホはすでに出かけながら尋ねたのだったが、肘（ひじ）でドアの引き手を押しさげたものだから、引き手とドアの間に腕をはさまれた。《あれはそのせいですよ！》と、彼のうしろから娘(メイド)が叫んだ。主人が彼女に、お前それはどういう意味なのか、と尋ねている声がなおブロッホに聞えてきた。

彼は葉書を二三枚書いたが、すぐには出さなかった。彼がそのあと、すでに町はずれであったが、その辺の柵に取りつけてあるポストに入れようとしたとき、このポストはあす朝にならなければ開かれないことが分った。彼は南アメリカでの巡回試合以来——そのとき彼のチームは各地で全選手の署名入り絵葉書を各新聞社へ送らなければならなかった——ブロッホは旅に出ると葉書を書くならわしになっていた。

一クラスの学童が通りがかった。子供たちは歌をうたっていた。ブロッホは葉書を投函した。空(から)のポストに落ちれば、なかで反響する。だがそのポストはとても小さく、反響するよしもなかった。それにブロッホはただちに先きへあるいていった。

彼はしばらく道なき道をあるいていった。雨で重くなったボールを頭で受けたときのような感じは消えた。国境の近くで森がはじまる。無人地帯の林道の反対側に最初の監視塔が認められてからひき返した。森のはずれで木の幹に腰をおろす。すぐまた立ちあがる。それからふたたびすわり、持ち金をかぞえる。彼は目をあげる。平坦な風景なのに、それは盛りあがって彼の身近かに迫り、彼を押しのけるかのようだ。彼はこちらの森のはずれにおり、あそこには変圧器小屋、あそこには牛乳小屋、あそこには耕地、あそこには二三の人影、あそこの森のはずれに彼がいる。彼がじつにひっそりとすわっているうちに、われながらもはや自分が奇異には感じられなくなった。あとになって、畑のなかの人影は、犬をつれた憲兵たちであることが分った。

すでに半ばは実に覆われた生苺の繁みのかたわらに、ブロッホはやがて一台の子供自転車を見つけた。彼はそれを起す。サドルは大人用ぐらいにかなり高くしてある。タイヤには生苺のとげがいくつかささっていたが、でも空気は抜けていない。車輪のスポークには唐檜の枝がからまっていて、それが車輪を動かなくしている。ブロッホはその枝をひき抜く。それから彼は車を倒した。それは憲兵たちが、自転車のライトのガラスが日光に反射するのを、遠くから見つけるかも知れぬと思ったからだ。しかし憲兵たちはすでに犬をつれて向うへあるいていった。

ブロッホは斜面をかけおりていく人影を見送った。犬の鑑札とトランシーバーがきらりと光る。あのきらめきは何かの合図か？　明滅信号だったのか？　やがてそれはそんな意味をだんだんに失っていった——道の方向が変るたびに、自動車のヘッドライトのガラスが遠くできらめき、ブロッホのかたわらで懐中鏡のかけらがぴかっとし、やがて道は雲母（うんも）片できらきら光る。ブロッホが自転車に乗ると、タイヤの下で砂利がずるずる滑った。

彼が乗って走ったのは短い距離だった。結局自転車は変圧器小屋へ立てかけておき、先きへあるいていった。

彼は、牛乳小屋にホッチキスで止めてある映画のポスターを読んでみた。その下の別のポスターはち切れている。ブロッホはあるきつづけ、一軒の百姓家の庭先きに少年がしゃっくりしながら立っているのを見かけた。とある果樹園では蜂が飛びまわっているのを見た。道が十字になっている所で、枯れた花が空罐にさしてあった。道端の草むらにタバコの空き箱が散らばっている。閉じた窓のわきに窓の留め鉤が鎧戸からぶらさがっている。とある開いた窓の前を通りがかったとき、物の腐った匂いがした。酒場にもどると女主人が、きのう向いの家で不幸がありましてね、と彼に言った。

ブロッホが彼女のいる台所へいこうとすると、彼女がドアまで出迎え、先きに立って店へ出た。ブロッホは先きまわりして隅のテーブルへ向ったが、彼女はいち早く戸口の近くのテーブルにすわっていた。ブロッホが話しはじめようとすると、すぐ彼女の方が先手をうつ。彼は彼女に、ウェイトレスが運動靴をはいていることに注意を向けようとしたが、女主人はそれより先きに、道路をひとりの憲兵が子供自転車を押して通っていくのを指さした。《あれは、口の利けないあの子の自転車ですわ！》と彼女が言った。

ウェイトレスがグラフ雑誌を手にしてそこへ加わり、みんなそろって外を見た。ブロッホは、例の井戸掘り男はまた現われましたか、と訊く。女主人は《また現われ》という言葉しか聞き取れず、兵隊のことを話しはじめた。ブロッホはそれに代って《帰ってきた》と言い、女主人は口の利けない学童のことを話す。《あの子は助けを呼ぶことさえできなかったのねえ！》とウェイトレスが言う。というより彼女はグラフ雑誌のなかの写真説明を読みあげたのだ。女主人は、靴の鋲釘が菓子の捏ね粉にまじって煮込まれたという映画の話しをする。ブロッホは、監視塔の歩哨たちは双眼鏡を持っているのかどうか、と尋ね、とにかくあそこの上には何かきらきらするものがある、と言う。《ここからは監視塔は全然見えません！》と、二人の女のどちらかが答える。ブロッホは、彼女らが菓子を焼くときの粉を顔に、殊に眉や髪の生えぎわにくっつけているのを見た。

　彼は中庭へ出てみたが、誰もついてこないのでひき返した。彼はジュークボックスのそばにいき、横にひとの来る余地をあけて立った。今はカウンターの向うにすわっているウェイトレスがコップをひとつ壊した。その物音に女主人が台所から出てきたが、ウェイトレスではなく彼の方を見る。ブロッホはジュークボックスの裏のつまみをまわして音楽を小さくした。それから、まだ女主人がドアの所に立っている間に、音楽をまた大きくする。女主人は彼に先きだって、まるで広さを歩測す

65　不　安

るとでもいうように店のなかをあるく。ブロッホは彼女に、この酒場の持ち主、つまり地主にいくら借り賃を払うのか、と尋ねた。この問いに、ヘルタは立ち止まる。ウェイトレスはガラスのかけらを塵取りに掃き入れる。ブロッホがヘルタに近寄ると、彼女は彼のわきをすり抜けて台所へはいる。ブロッホはあとを追った。

二番目の椅子の上には猫がいたので、彼は彼女のわきにたたずんでいた。彼女は、自分の友達だという地主の息子のことを話す。ブロッホは窓のそばへいき、その息子のことを問いただす。彼女は地主の息子が何をしているかをつぶさに話す。彼女は問わず語りに話しつづける。炉の端に二番目の貯蔵瓶がブロッホの目についた。彼はときどき――ほんと？　と言う。ドアの枠にかけてある作業ずぼんのなかから、二番目のセンチメートル尺が目にとまる。彼は彼女の話しを遮って、一体きみは数がいくつになったら数としてかぞえはじめるのか、と訊いた。彼女はハッとして、りんごの芯を切り取る手さえ止める。ブロッホは、ぼくは近頃数をかぞえるのに2からはじめる自分の癖に気がついているのだ。例えばけさも道路を横切るとき、あやうく自動車に轢かれそうになった。というのは、二番目の車が来るまでにはまだたっぷり余裕があると思っていたからだ。ぼくは一番目の車をてんで数に入れていなかったんだね、と言う。女主人は或るきまり文句で答えた。

　ブロッホは椅子のそばへ寄り、そのうしろを少し持ちあげたので、猫は跳びおりた。彼はすわったが、椅子をテーブルからずらす。そのときうしろの予備テーブルにぶっつかったので、ビール瓶が落ちて台所の長椅子の下へころがった。なぜいつまでもすわったり立ったり、あっちにいったりぶらぶら立ち止まったりもどったりなさるの、と女主人が訊く。そうやってわたしをからかうおつもり？　ブロッホはそれには答えず、りんご屑を受ける下敷きの新聞から小噺しを彼女に読んで聞かせる。彼の方から見るとその新聞は逆になっていて彼が詰まりつまり読むので、女主人は前かがみになって彼に代って読む。外でウェイトレスの笑い声がした。なかでは寝室で何かが床に落ちた。二番目の物音はつづかない。ブロッホは、それ以前には何の物音も聞いていなかったので見にいこうとすると、女主人は、もうさっき子供が目をさます物音を聞きました、と説明した。もうベッドからおりて、きっとすぐに出てきてお菓子をねだることでしょうよ、と言う。しかし実際は、やがてしくしく泣くような声がブロッホには聞えた。じつは子供は寝たままベッドから落ち、ベッドのわきの床の上でポカンとしていたのだった。子供は台所にやってきて、枕の下に蝿が二三匹いるのよ、と話した。女主人はブロッホに事情を説明して、お隣りの子供さんたちが、その家に不幸があったので、死者を棺台に安置している間はうちで寝泊りしているんですが、貯蔵瓶のパッキングゴムで壁にとまった蝿をうつのが癖で、ですから床に落ちた蝿を晩になって枕の下に入れたんでしょうよ、と言った。

子供の手にお菓子をいくつか握らせると——さすがにはじめの菓子はぼんやりしていて落したが——子供はだんだんまた落着いてきた。ブロッホが見ていると、ウエイトレスが手の平を窪ませて寝室から出てきて蝿をごみバケツへなげ込んだ。ぼくのせいじゃないよと、彼が言った。外では隣家の前にパン屋の自動車が止まっていて、運転手がパンを二本、下に黒パン上に白パンを重ねて戸口の階段におくのが見えた。女主人は子供をその男のいる戸口までいかせる。ウェイトレスがカウンターで両手に水をながしているのがブロッホの耳にはいる。あの男は近頃いつでも言いわけばかりしているんですよ、と女主人が言う。ほんと？　とブロッホが訊く。間もなく子供は二本のパンをもって台所へもどってきた。ウェイトレスが両手を前掛けでふきふき一人の客を迎えているのも見えた。何をお飲みになりますか？誰が？さし当り何もいらん！　というのが返事だった。子供はさっき店に通じるドアを閉めていっていた。

《やっとわたしたちだけね。》とヘルタが言った。ブロッホは、窓のそばに立って隣りの家を見ている子供に目をそそぐ。《あの子は数にははいらないわ。》と彼女が言った。ブロッホはこの言葉を、彼女が自分に何かを言おうとする意思表示と解したが、やがてこれは自分が口を切ってもいいという意味であることに気づいた。ブロッホは何ひとつ思いつかない。彼は何かみだらなことを言った。彼女はすぐ子供を外へ出す。彼は彼女のそばへ手をおいた。彼女はそっと彼をたしなめる。彼は彼女の腕を乱暴につかみ、しかしすぐまた離した。彼は外に出て、道で子供に出会う。子供は一本の麦わらで家壁の漆喰をほじくっていた。

彼はあいた窓から隣家をのぞいた。架台の上に死者が見うけられ、そのそばにはすでに棺がおいてある。片隅のひくい腰掛けにはひとりの女がすわっていて、パンを果汁壺に浸している。テーブルのうしろのベンチには若い男が仰向けになって眠っており、その腹の上には猫がいた。

ブロッホはその家にはいろうとして、玄関であやうく割り木に足をすべらしそうになった。百姓女が戸口まで出迎えてくれ、彼はなかにはいって彼女と話しをする。若者はもう体を起していたが口は利かない。猫は跳び出していた。《この人は寝ずの番をさせられとったんです！》朝になってみたら、この人、したたかにきこし召しとるんですよ、と百姓女が言った。彼女は死者の方に向き直って祈り、その合間に献花の水をかえる。《経過がえろう早かったんです。うちでは子供をいそいで町へ走らせるため起さねばなりませなんだ。》でもなんしろ子供だもんで、事の次第を司祭さまにとんと申しあげることができず、それで鐘を鳴らしてもらえなんだんです、と彼女が言った。ブロッホが気づいてみると、室内はすでに暖くなっていた。なるほど、しばらくすると炉のなかで薪が崩れた。《もっと薪を取っておいで！》と百姓女が言う。若者は左右に薪を四五本かかえてもどってきて、それを炉のわきに投げ出したので、パッと埃が立った。

彼はテーブルの向うにすわり、百姓女は薪を炉にくべた。《うちの子は南瓜がぶっつかって死んだんですよ。》と彼女が言う。窓の外を二人の老婆が通りがかって家のなかへ会釈した。窓框の上にブロッホは黒のハンドバッグを見つけた。それは買ったばかりのもので、なかの詰め紙さえまだ取り出してない。《突然あの子は大きないびきをしたかと思うと、死にました。》と百姓女が言った。

ブロッホは向いの酒場のなかを見ることができた。そこにはすでにかなり傾いた太陽がふかくさし込んで、その部屋の下の部分、殊にはめ込んだばかりの床板、椅子やテーブルや人物の脚の表面全体がそれ自身光るかのようにかがやいている。台所には地主の息子の姿が見え、彼はドアにもたれ、両腕を胸に組んで、少し離れた所から、さっきからテーブルにすわったままの女主人に話しかけている。太陽が沈むにつれて、ブロッホにもこれらの情景がいよいよ深くいよいよ遠く離れたものに思えてくる。彼は目をそらすことができない。子供らが路上を走り帰りだして、ようやくその印象が追い払われた。やがてひとりの子供が花束をもってはいって来た。百姓女はその花束を水飲みコップにさし、そのコップを架台の裾の端におく。子供は突っ立っている。しばらくして百姓女がその子供にお駄賃をやり、そして子供は出ていった。

ブロッホは、誰かが床板でもふみ破ったかのような物音を聞いた。だが実はまたしても炉のなかで薪が崩れただけのことだった。ブロッホが百姓女ともう話しをしなくなると、たちまち若者はベンチの上にながながと体をのばし、またも眠り込んでしまった。このあと二三人の女がやってきてロザリオ（カトリックのじゅず）に祈りをささげた。食料品店の前の黒板から誰かがチョークの字を消して、代りに次のように書いた——オレンジ、キャラメル、いわし（サーディン）油づけ。室内では低い話し声、外では子供らの騒ぎ。こうもりが一匹カーテンにひっかかっていた。その鳴きごえに目をさました若者は跳ねおきて、すぐさま飛んでいったが、こうもりはすでに外へ飛び去っていた。

薄暗くなったが、誰もまだ明かりをつける気にはならぬほどである。向いの酒場だけが、ジュークボックスにスイッチを入れたのでほんの少し明かるんでいる。しかしレコードの選曲ボタンは押されてはいない。横の台所はもう真暗だ。ブロッホは夕食へ招かれ、他の人々と食卓についた。

　窓は今はしまっているものの、室内には蚊が飛びまわっていた。子供がコップ敷きをもらいに酒場へやられ、やがてそのコップ敷きは、蚊が落ち込まないようにコップにかぶせられた。ひとりの女が、ネックレスの垂れ飾りがなくなっているのに気づいた。みんなが探しはじめる。ブロッホはテーブルについたままでいた。しばらくすると、彼は自分が発見者になってやろうという欲望におそわれ、仲間に加わった。垂れ飾りがこの室内には見つからぬと分り、外の廊下を探しつづける。塵取りがひっくり返った、というよりむしろ、すっかりひっくり返るより早く、ブロッホがとっさにそれを受けとめた。例の若者が懐中ランプで照らし、あの百姓女が石油ランプをもって来た。ブロッホは懐中ランプを借り受け、道路へ出てゆく。彼は背をまげて砂利のなかをあるきまわったが、彼のあとにつづく者はなかった。垂れ飾りが見つかった、と玄関で誰かが叫ぶのが聞えた。ブロッホはそれを信じようとせず、探しつづける。やがて窓の奥でふたたび祈りの声が聞える。彼は懐中ランプを外から窓框(かまち)の上において、立ち去った。

ブロッホはふたたび町に帰り、とあるカフェにはいってカード遊びを観戦する。彼は、前でカードをしている男のうしろにすわって、その人と争いをはじめた。他の相客たちはブロッホに消え失せろと迫る。ブロッホは奥の部屋へいく。そこでは写真を使った説教が行われていた。ブロッホはしばらくながめていた。それは東南アジアにおける教団病院に関する話しだった。ブロッホは声高かに口出しをし、またしても人々と争いをはじめる。彼は踵(きびす)を返して出ていった。

彼は、ひき返すべきかどうか思い惑ったが、そうした場合に言うべき言葉が何も浮んでこない。彼は二番目のカフェにはいる。そこでは換気扇を止めてくれと求める。それに照明が余りに弱すぎるぞ、と彼は言った。ウェイトレスが彼に向ってすわると、しばらくして彼は腕をいかにも彼女の体にまわしたそうにする。彼女は彼がただそういうふりをしたいだけと見て取り、そして彼が、そういうふりをしたかっただけなんだということを明らかにするより早く、彼女は背をうしろへもたせた。ブロッホは実際に腕をウェイトレスの体にまわして弁解しようとしたが、彼女はもう立ちあがっていた。彼が腰を浮かそうとすると、ウェイトレスはつと立ち去った。こうなれば、ブロッホはあとをつけるようなふりをしなければならぬところだったのかも知れない。しかし煩わしくなって、彼はその店を出ていった。

ホテルの自分の部屋で、彼は夜明け少し前に目がさめた。ふいに身のまわりのすべてが堪えられなかった。ほんとにさめているのかどうか首をひねる。よりによってこんな夜明け少し前という時刻に、俄然すべてが堪えられぬものとなったからだ。彼が寝ていたマットレスは凹んでおり、衣装戸棚と整理だんすは遠く壁ぎわにならび、頭上の天井は堪えられぬほど高い。薄暗がりのこの室内も、外の廊下も、殊に外の道路も、いかにもひっそりしていて、ブロッホにはもう我慢しておれない。激しい吐き気におそわれた。たちまち洗面台へ吐いた。しばらく吐いていたが、少しも気持は楽にならない。ふたたびベッドへ横になる。目まいがするというのではなく、むしろ逆にすべてが堪えられぬほどバランスがとれて見えるのだ。窓から身を乗り出して道路を見おろしてみたが、どうにもならぬ。駐車している自動車の上に、ひっそりと幌がかかっていた。部屋のなかの壁には二本の水道管が見える。それは平行して走り、上は天井で、下は床面で区切られている。見るものすべてがなんとも堪えがたく限界づけられているのだ。吐き気の刺戟が彼をどうにも起きあがらせず、いやが上にも彼を押しつぶす。彼の見ているものから、鑿（のみ）が彼を削り取ったというか、或はむしろ身辺のいろいろな対象が彼から切り離されているかのように感じられるのだ。衣装戸棚、洗面台、旅行鞄、ドア——今はじめて奇異に感じたのだが、彼は、何か強制されているかのように、一つの対象ごとに一つの言葉を添えて考えていたのだ。一つの対象が目にとまるごとに、たちまち一つの言葉があとを追う。椅子、服ハンガー、キー等々。さっきはじつにひっそりとなっていたので、彼の気をそらせるような物音は何もしなかった。一面ずいぶん明かるいので、辺りの対象が目に見えるようになり、他面じつにひっそりしているので、どんな物音ももはや彼をその対象からそらすことはできない。だから彼はいろいろな対象を、あたかもそれらが同時にそれ自身の宣伝広告であるかのように見ていたのである。事実この吐き気は、彼が或る種の広告文句や流行歌或は愛国歌——それらは眠りにはいるまで口真似したり口ずさんだりせずにはおれない——に対したとき往々感じる吐き気に似ている。彼はしゃっくりのときのように、息を止めてみる。つぎに息を吸うと、またおこる。また息を止める。しばらくして効果があらわれ、彼は寝入った。

あくる朝になると、彼はもう何もかももう全く思い浮べることができない。食堂はすでに片づけられていて、ひとりの税務官がいろいろな物件の間をあるき廻りながら、主人からそれらの価格を聴取していた。主人は役人に、コーヒー沸かし器と大型冷蔵庫の領収書を出して見せる。この両人が価格について喋(しゃべ)っているということが、ブロッホに対し、ゆうべの自分の状態をひとしおばかばかしいものに思わせる。彼は新聞を一頁めくっただけでわきへ押しやり、アイスクリームボックスの価格について主人と言い争っている税務官の声にだけ耳を傾けている。主人の母親と娘(メイド)とがそれに加わり、みんなのお喋(しゃべ)りが入り乱れる。ブロッホも首をつっ込んで、一体このホテルの一室の設備にはいくらかかったのか、と尋ねる。主人が、家具は近在の百姓たちから実に安く買いました、彼らはこの地をひき払ったり、或は更に国外へ移住した人たちです、と答える。彼はブロッホに或る価格を告げる。ブロッホは個々の設備品それぞれに対する価格を別々に教えてくれ、と言う。主人は娘（メイド）に部屋の備品目録をもって来させ、一々の物品に対してそれを購入したときの価格と、衣裳箱なり衣装戸棚なりを他へ売却する場合に考えうる価格とを読みあげる。それまでメモをとっていた税務官は記入をやめて、娘（メイド）にワインを一杯注文する。ブロッホは満足して立ち去ろうとした。税務官が説明して言うには——わしは一つの物件、例えば洗濯機を見たとすると、すぐにその価格を聞きただす。そしてのちにその物件、例えば同じ系列（シリーズ）の洗濯機にふたたびお目にかかった場合には、いわば外面の特徴で見分けるのではなく、つまり洗濯機をその洗滌プログラムを示すキーの数によって判断するのではなく、常にその物件、例えばその洗濯機を最初に見たときいくらであったか、即ち価格で判断するのだ。むろん価格は極めて正確に記憶にとどめておき、こういう方法によってあらゆる物件をずばりと見定めるのだ、と。ところで、もしその物件が何の値打ちもなかったら?とブロッホが訊（き）く。取引き価値のない物件なんかには、わしは何の係わりもない、少くとも職務執行においてはナ、と税務官が答えた。

口の利けない学童はやはりまだ発見されていなかった。自転車は確実に保管してあるし、附近は隈なく捜索されてはいるが、憲兵の誰かが何かに出会ったときの合図になるはずの銃声はまだ聞えない。それはさておき、ブロッホがやがてはいっていった理髪店の衝立の蔭の、ヘヤードライヤーの音があまりにも高いので、戸外の物音は何も聞えない。彼は頸筋の毛をきれいに剃ってもらった。理髪師が手を洗っている間に、女店員がブロッホの襟にブラッシをかける。やっとドライヤーが切れ、衝立の蔭で紙をめくる音が聞える。パーンという音がした。だがそれは衝立の蔭で、カール用のクリップが金属皿のなかへ落ちたのにすぎなかった。

ブロッホは女店員に、昼休みには家へ帰るのかどうか、と訊いてみた。彼女は、わたしはこの町の者ではなく、毎朝列車で来るのです、昼はどっかのコーヒー店にいくか、お仲間とこの店に残っているかです、と答える。きみは毎日往復キップを買うのかい、と尋ねる。娘は、週間パスで通うのです、と答える。ブロッホはすかさず《週間パスはいくらかかるの?》と尋ねる。だが娘が答えるより先きに、いや、そんなことぼくには関係ないね、と彼が言う。だが娘はその料金を告げた。衝立の蔭の仲間が言う――《関係ないことなら、なぜお聞きになるの？》すでに椅子を立っていたブロッホは、釣り銭を待つ間に、鏡の横の料金表を読み、そして外へ出た。

彼は、何でも物の価格を知りたがるという妙な癖が自分にあることに気づいた。彼は或る食料品店のガラス窓を見て気が軽くなった。そこには白い字で、新着の品物とその値段が書いてあったからだ。店の前においてある果物台の値段票がひっくり返っていた。彼はそれを起しておく。それは、誰かが出てきて何かお買いですか、と尋ねてもおかしくないような動作であった。別の或る店では、揺り椅子に長い衣類がかけてあった。ピンのささった値段票は衣類の横の揺り椅子の上にある。ブロッホはその値段が椅子のかそれとも衣類のか判断に苦しむ。二つのうち一つは非売品であるはずだ。彼が余りながく店の前に立っていたので、またもや人が出てきて彼に尋ねる。彼が逆に問い返すと――ピンが値段票といっしょに衣類から落ちたのにちがいありません、しかしこの値段票が揺り椅子のでないことぐらい、はっきりしてるじゃありませんか、椅子は当然うちのものです、と答える。いやただ確かめたかっただけです、とブロッホは言って、そそくさと立ち去った。揺り椅子がこんな値で買える所があるかッ、という叫び声が彼のあとを追った。或るカフェでブロッホはジュークボックスの価格を尋ねる。これはうちのではなく、借り物なんです、と主人が言う。そういうことではなく、ただ値段を知りたいだけなんだ、とブロッホは答える。主人がその値段を告げたので、やっと彼は満足する。でも不確かですよ、と主人が言う。さてブロッホは店にある他の品物について尋ねはじめたが、それらは自分の所有だから主人が値段を知っているのは当然だった。それから主人は浴場施設のことを話し、その建築費は予算をはるかに超過しました、と言う。《どのくらい?》とブロッホが訊く。主人はそれを知らなかった。ブロッホはじれったがる。《で、予算額はどうだったんですか?》とブロッホが訊く。主人はこれも何も言えない。それはそうと、この前の春、そこの更衣室で死体が発見されましてねえ、それは冬の間中そこにあったにちがいないんです。頭をビニールの提げ袋に突っ込んでいました。この死体はジプシーのでした。この地方には数人の定住しているジプシーがいましてね、彼らはナチスの強制収容所に拘禁されていた補償金で、森のはずれに小さな住居を建てているのです。《家のなかはとても小ざっぱりしているそうですよ。》と主人が言う。行方不明の学童を捜索中にそこの住人を訊問した憲兵たちは、洗いながしたばかりの床面や、総じて屋内の整頓には驚いたそうです。でも、と主人は言葉をつづけて、しかしこの整頓こそ却って嫌疑を深めたんですね。というのは、ジプシーが床を洗いあげるなんて、何か曰くなしではすまないことですからねえ。ブロッホはそれには合槌を打たずに、一体その補償金は住居の建築に足りたのかどうか、と尋ねる。主人は補償金がどれほどの額だったか答えられない。《当時は建築材料も労賃もまだ安かったのです。》と主人が言った。ブロッホはビールコップの尻に貼ってある証紙をめずらしそうにひっくり返して見る。やがて《これは少しは値打ちのあるものだろうか？》と彼は上衣のポケットに手を入れ、石をひとつテーブルの上において尋ねた。主人はその石を手にも取らずに、そんな石ならこの近所には掃いてすてるほどありますよ、と答える。ブロッホはそれに対して何も言わない。それから主人は石を取りあげ、くぼめた手のなかでころがし、そしてテーブルにもどした。終りッ！　ブロッホはさっさと石をしまい込んだ。

戸口で理髪店の両方の娘たちに出会った。彼は、いっしょにどこか別の酒場にいこう、と誘う。さっきの店には、ジュークボックスにレコードがないのよ、と二番目の娘が言う。それはどういう意味だい、とブロッホが訊く。あそこのジュークボックスのレコードは駄目なの、と彼女が答える。ブロッホが先きに立ち、彼女らがついて来た。彼女らは飲み物を注文し、パンの袋をひらく。ブロッホは前かがみになって話し込む。彼女らは自分たちの身分証明書を出して見せる。彼がそのケースをにぎると、彼の両手はたちまち汗ばみはじめる。あなたは兵隊さんなの、と彼女らが訊く。彼女らのうち二番目の娘は、晩に或るセールスマンと約束があった。でも二人きりだと話しの種がないから、四人で出かけましょうよ、と言う。《四人づれだと、誰か彼かが何か言うし、お互いに冗談話しができるもの。》ブロッホはどう答えていいか分らない。隣りの間では子供が床の上を這っている。犬がその子のまわりを跳ねまわり、その顔をなめていた。

カウンターの電話が鳴りだし、鳴っているかぎり、ブロッホは話しが耳にはいらなかった。兵隊さんってたいていお金がないのね、と理髪店の娘が言う。ブロッホは答えない。彼が彼女の手を見ていると、指の爪がヘヤーセット液のためこんなに黒くなっちゃって、と言い訳する。《この上にエナメルを塗っても駄目、縁がどうしても黒く残るの。》ブロッホは目を離す。《服はわたしたちみんな既製品よ。》《お互い同志でセットするのです。》《夏だと、家に帰るときもう夜が明けます。》《ダンスは、ゆっくりなのが好き。》《家に帰るときは、もう大して冗談いわないわ、口を利くのを忘れるのね。》わたしって何でも真剣に考えすぎるの、と一番目の理髪店の娘が言う。きのう駅へいく道で、行方不明の学童はいないかと思ってあちこちの果樹園をのぞいてみたのよ。ブロッホは彼女らの身分証明書を二人には返さず、ただ彼女らの前のテーブルにおいていた。まるでそれを見る権利が自分には全くないかのように。彼は、自分の指跡の曇りがセルロイドのケースから消えていくのをながめていた。あなたのお仕事は、と訊かれたので、もとサッカーのゴールキーパーだった、と答える。ゴールキーパーってのは他の選手より寿命が長いんだ、と説明する。《ツァモーラなんか、もうだいぶの年だよ。》とブロッホが言う。答えとして彼女らは自分たちの知っているサッカー選手のことを話す。もしわたしたちの町で試合があったら、他国チームのゴールのうしろにいって、キーパーを野次って気をいら立たせてやるわ。キーパーってたいていがに股なのねえ。

ブロッホの気づいたことだが、彼が何かを述べ、それについて物語ると、いつも彼女ら二人は、今述べられた話題、或はそれに似た話題に関して彼女ら自身が経験したか、或はとにかくその話題に関する噂で知っているような話しでもって答えるのだ。例えばブロッホが、ゴールキーパーとして受けた肋骨々折のことを口にすると、彼女らは、数日前ここの製材所で一人の製材工が板の山から転落して、同じように肋骨々折を受けました、と答えるのであり、そこで次にブロッホが、ぼくは唇を幾針も縫ったものだと述べると、彼女らは答えの代りに、テレビで見たボクシング試合のことを物語り、そのボクサーも同じように眉が裂けたわ、と言う。ブロッホが、いつだったか跳びあがった際ゴールポストに激突して舌を切ったことがある、という話しをすると、彼女らは待ってましたとばかり、例の口の利けない学童も裂けた舌をしてるんです、と応じるのであった。

そればかりでなく、彼女らは彼の知るよしもない事柄や殊に人物について語り、まるで彼が当然それを知っていて、消息に通じているとでもいうようなのだ。マリアはオットーの頭を鰐革バッグでぶったのよ。伯父さんが地下室へおりていって、アルフレートを中庭へ追い出し、イタリーの料理女を白樺の鞭（白樺の枝をたばねて学童たちを罰するのに使う鞭）でぶったんです。エードゥアルトはわたしを分岐点で下車させたので、わたしは真夜中にあるいて帰宅せねばならず、「外人道路」を通る姿をヴァルターやカールに見られたくないので、わたし「幼児殺しの森」を通り抜けたのよ、そして結局、フリートリッヒさんから頂いた舞踏靴をぬいだんです。それに対しブロッホの方は、自分の話しに出てくる人の名一々について説明する。のみならずひき合いに出た事柄でも、それを説明するため事こまかに述べるのだ。ヴィクトールという名が出ると、ブロッホは《ぼくの知人なんだがね。》とつけ加える。また間接フリーキックについて物語るとなると、間接フリーキックとは何であるかを詳しく述べるばかりでなく、理髪店の娘らが物語りのつづきを待っているのに、そもそもフリーキックのルールを説明する。さらに主審が命じたコーナーキックに話しが及ぶとなれば、それは或る空間の隅(コーナー)のことではないという説明をする義務がどうでもあると思い込むのである。話しがながくなればなるほど、ブロッホには自分の話していることがいよいよ不自然に思われてくる。次第に一語々々が何かの説明を要するような気になってくる。文章の途中で絶句しないように自制せねばならない。まさに言わんとする文章を予め考えたりすると、二三度言い間違いをした。理髪店の娘たちの言うことが、彼が聞きながら考えていたのと全く同じ結末になると、突差には彼は答えができない。彼らが打ち解けて語り合っているかぎりは、彼も周囲のことはいよいよ忘れてしまい、まして隣りの間(ま)の犬と子供などは、もう眼中にない。しかしやがて言葉がいき詰って先きが言えなくなり、その揚句、なんとか言えそうな文章はないかと模索するような場合には、周囲がふたたび彼の注意をひき、いたる所に細々(こまごま)したものが目についてくる。ようやく彼は尋ねる――アルフレートはきみのボーイフレンドなのかい？　白樺の鞭はいつでも衣装戸棚の上においてあるのかい？　フリートリッヒさんって、セールスマンなの？「外人道路」というのは、多分それが外人居住地のそばを通っているからだろうね？　彼女らは待ってましたとばかり彼に答える。そうするとだんだんにブロッホも、毛根の黒い漂白した髪ではなしに、首にかけたばらばらのブローチではなしに、指の黒い爪ではなしに、剃りあげた眉のなかにポツポツあるにきびではなしに、人影のないコーヒー店の椅子の裂けた裏張りではなしに、要するにふたたび輪廓や動作や音声や叫びや姿かたちを気にとめるようになるのである。突然テーブルからひっくり返ったハンドバッグを、落着いたすばやい唯一回の動作で彼はハッシと捕えた。一番目の理髪店の娘が彼に自分のパンをひと切れすすめ、そしてそれを彼にさし出すと、彼は全く当然のことのようにそれに噛みついた。

外に出ると、行方不明の同級生をみんなで探すようにと、学童たちにお休みが与えられた、ということを彼は聞いた。しかし子供らは、壊れた懐中鏡は別として、行方不明者とは何の係わりもない二三の物品を発見しただけであった。懐中鏡はそのビニールケースからみて口の利けない学童の所持品と一致するとみなされた。その発見場所の周囲は特に入念に捜索されたが、それ以上手がかりになるものにはぶっつからなかった。ブロッホにそのことを語った憲兵は、ジプシーの一人が、あの失踪の日以来居所不明なんだ、とつけ加えた。ブロッホには、その憲兵が、しかも道路の反対側に立ち止まって彼にそんなことを大声で話しかけてきたのが不審だった。彼は、一体浴場施設はもう探しつくしたのかどうか、と問い返す。憲兵は、浴場は閉鎖されているから誰もはいらず、ましてジプシーなんかは、と答えた。

　町を出はずれてブロッホの気づいたことだが、とうもろこし畑がほとんどすっかり踏みしだかれていて、そのため折れた茎の間から黄色い南瓜（かぼちゃ）の花がのぞいていた。とうもろこし畑のまんなかでいつもは蔭になっているのが、今ようやく花をひらきはじめたのだ。路上いたる所にその折れた穂軸がころがり、或るものは皮がむかれて、学童たちに噛じられている。そのかたわらには穂軸から引きちぎられた黒いひげがころがっている。すでに町のなかで、学童らがバスを待つ間も互いに黒い繊維を丸めて投げつけ合っているのを、ブロッホは見かけた。とうもろこしのひげはひどく湿っていて、ブロッホが束を踏むたびに水気（みずけ）が噴き出て、まるで湿地帯でもあるいているかのようにキュッキュッと鳴る。ブロッホは、一匹の、車に轢（ひ）かれたいたちにあやうくつまずくところだった。それは口からだらりと舌を長くたらしている。ブロッホは立ちどまり、靴の先きでその細ながい、血で黒くなった舌にさわった――それは硬くてコチコチしている。彼はそのいたちを足で土手の方へ押しやっておいて、先きへあるいていった。

橋のたもとで彼は道路からそれ、小川にそって国境へ向った。小川はだんだん深くなるらしく、とにかく水はいよいよゆっくり流れている。両側のはしばみの繁みが小川を覆うてひろく生い茂り、水面はほとんどもう見えない。かなり遠く離れて、刈り取りの大鎌がバサッバサッと音をたてている。水の流れがゆるやかになるにつれ、いよいよ濁ってくるらしい。或る曲りの手前で小川はすっかり流れるのを止め、水は全く不透明になる。はるか遠くでトラクターの轟きが聞え、俺は一切無関係だぞ、とでもいっているかのようだ。熟れすぎたにわとこの実の黒い房が藪の間にたれている。動かぬ水面に、小さな油の斑点がいくつか浮かんでいた。

水の底からときどき泡が浮きあがるのが見える。はしばみの小枝の先きがすでに水のなかにまで垂れさがっている。こうなると外部からのどんな物音でも、もはやひとの気をそらすことはできない。泡は水面にあらわれたかと思うと、すぐまた消える。何かがすばやく跳ねあがったが、それが魚だったかどうか見分けがつかない。

しばらくしてブロッホがふいに身動きすると、水中いたる所にぶくぶく泡立ちが起った。彼は、小川を見おろすように通じている山道にはいって、身じろぎもせず水面を見おろす。水はじつに静かで、水に浮かんだ木の葉の表面はすっかり乾き切っていた。

あめんぼうがあちこち走りまわり、その上に、頭をあげるまでもない高さに蚊の群れが見えた。ひとところ、水がほんの少し渦巻いている。魚が水中から跳ねあがり、またも水音。水ぎわでひきがえるが重なり合っている。一塊の粘土が岸から離れる。するとふたたび水中いたる所でぶくぶく泡立ちが起る。水面のこれらのささやかな現象がとても重大なものに思われて、それが繰り返されるたびに、それをまのあたりに見ていながら、しかも同時にすでにそれを思い出しているほどである。そして木の葉が水面をじつにゆっくり動いているので、目が痛くなるまでまつげひとつぴくつかせずに見ていたくなるほどだ。というのは、もしまつげをぴくつかせたら、まつげの動きを木の葉の動きと取りちがえるかも知れぬという不安があるからだ。粘土の溶けた水には、それにほとんどもう浸っている小枝さえ、全く影をうつしてはいない。

視野をはずれた辺りに、じっと水面を見おろしているブロッホの心を乱しはじめる何かがあった。彼はそれが目のせいであるかと瞬きしたが、しかしそちらの方へは目を向けない。だんだんにその何かが彼の視界のなかへはいり込んできた。ひとときそれを見ていたが、何であるか気にはとまらない。彼の全意識が一つの盲点であるかのようだ。すると、例えば喜劇映画のなかで、誰かが何気なしに荷箱をあけたままぺらぺら喋(しやべ)りつづけているうち、やがてハッとして息をのみ、あわてて荷箱の所へかけもどる、とでもいうように、彼は見おろす水のなかに子供の死体を見つけた。

彼はそれから道路へひき返した。国境の手前の最後の人家が立っている曲りの所で、モーターバイクに乗ったひとりの憲兵が彼の方に向ってやって来た。彼はすでにはやくカーブミラーのなかにその姿を見ていた。やがてその憲兵が事実曲りの所に——バイクの上に姿勢正しくまたがり、白手袋をした片手はハンドルに、片手は腹部に当てて——あらわれた。車輪は粘土にまみれ、車輪のスポークにはかぶらの葉が一枚ひらひらしている。憲兵の顔には何のうごきも見えない。ブロッホがバイクに乗った人物のうしろ姿を見送っているのがながくなるにつれて、なんだか自分が新聞の紙面からゆっくり目をあげ、窓越しにでも戸外をながめてでもいるかのような、いよいよそんな気がしてくる——憲兵はますます遠ざかり、ますます彼とは関係のないものになっていく。と同時にブロッホが奇異に感じたのは、自分が憲兵を見送っている間に見たものを、ほんの短時間ながら、何か別のものの比喩にすぎないかのように見ていたことである。憲兵は情景のなかから姿を消し、ブロッホの注意力はすっかり散漫になった。やがて彼は国境の酒場へあるいていったが、そこでは店に通じるドアは開いているのに、さし当り誰にも出会わなかった。

彼はひととき、そこに立っていたが、やがてもう一度ドアをひらき直し、それを内側からていねいに閉めた。彼は隅のテーブルについて、カードの勝ち数をかぞえるときの玉をあちこち滑らしながら、待った。結局、玉の列の間に差し込んであったカードを切って、ひとり遊びをする。彼はカード熱に取りつかれる。カードが一枚彼の手からテーブルの下へ落ちる。彼が体をまげると、別のテーブルの下の、それを四方から取り巻いて並べてある椅子と椅子の間に、女主人の子供がうずくまっているのが見えた。ブロッホは体を起し、更にカード遊びをつづける。カードはひどく使い古されていて、一枚々々が厚くふくらんでいるような感じだ。隣家のあの部屋をのぞいてみると、架台はもう空だ。窓の開き戸が大きくあいている。そのとき外の道路で子供らが呼んだ。するとテーブルの下の子供はすばやくそこらの椅子を押しのけて、外へ飛び出した。

ウェイトレスが中庭からはいってきた。彼がそこにすわっているのを見ると、それへの返事とでもいうように、彼女は、おかみさんは賃借契約を更新するためお屋敷へいかれました、と言う。ウェイトレスのあとからひとりの若者がつづき、彼はそれぞれの手で、ビール瓶をつめた木箱を曳きづっているのだが、そのくせ彼の口は締ってはいない。ブロッホが彼に話しかけると、ウェイトレスは、話しかけるのはお止しなさい、重い荷を運ぶときには、この人、口が利けないんですよ、と言う。見たところ少し脳の弱そうなこの若者は、二つの木箱をカウンターのうしろに積みかさねた。ウェイトレスは若者に向って——《あんたはまたまた残り灰を、川のなかへではなしにベッドの上へあけたんだって？　あんたはもう山羊へ襲いかかったりはしないわね？　あんたはまたまた南瓜（かぼちゃ）をたたき割って自分の顔にぬりたくってるの？》彼女はビール瓶を一本もって戸口までいったが、彼は答えない。瓶を見せると彼は彼女の方へやってくる。彼女は彼にその瓶を与えて出ていかせる。一匹の猫が飛び込んできて、蠅を追って宙に跳ねあがり、たちまち蠅をパクッとやった。ウェイトレスはドアを閉めた。さっきドアがあいていたときに、ブロッホは隣りの税関所で電話が鳴っているのを聞いていた。

若者の出ていったあとにつづいて、やがてブロッホはお屋敷へ出かけていった。若者を追い越したくなかったのでゆっくりあるく。見ていると若者は激しい身振りで一本の梨の木の上の方を指さして——《蜂の群れが！》と言っているのが聞える。なるほどちらっと見ただけでも、あの樹上には事実蜂の群れがぶら下っていそうな気がする。だが他の木々を見くらべれば、あちこち方々で幹が瘤（こぶ）になっているだけのことと知れた。若者はそれが蜂の群れであることを証明したいとでもいうように、ビール瓶をその木のてっぺんめがけて抛りあげた。ビールの残りが幹に飛び散り、瓶は草むらの腐った梨の山の上に落ち、梨の山からはパッと蠅や雀蜂が唸って飛び立った。それからブロッホは若者とならんであるきながら、若者が、昨日小川で水浴びしているときに見かけた〈水浴び気違い〉について物語るのを聞いた。そいつの指はえろうちぢかんどったし、口からは大きな泡の玉を吹いとったよ、と言う。ブロッホは、きみ自身は泳げるのかい、と訊く。若者は唇をパクッと開けて激しくうなずいて見せたのに、やがて〈だめです。〉と言う。ブロッホは先きに立ってあるき、若者がなお話しつづけるのが聞えたが、しかしもうふり返らなかった。

お屋敷の前で彼は門番小屋の窓をたたいた。窓ガラスにずっと近寄っていたので、なかをのぞくことができた。テーブルの上にすももを盛った桶がある。ソファに横になっていた門番が折よく目をさまし、彼に何か合図をみせたが、ブロッホはそれに対してどう答えていいのか分らない。彼はただうなずいた。門番は鍵をもって出てきて、門をあけひろげ、だがすぐまた身をひるがえして先きに立っていく。鍵をもった門番か！　とブロッホは考えた。またしても、すべてはただ比喩的な意味でのみ見るべきだ、とでもいうような気がする。どうやら門番は建物のなかを案内してくれるつもりらしい。彼は誤解を解こうと考えた。しかし門番はほとんどものも言わないのに、なかなかそのチャンスがない。彼らがくぐってはいった入口の扉には、いたる所に魚の頭が釘で打ちつけてあった。ブロッホが説明を求めようとした矢先き、またしても絶好のチャンスを逃してしまった。彼らはすでになかへはいっていたのである。

図書室にはいると門番は彼に、むかしは収穫の大半を農民は領主に小作料としてさし出さねばならなかったことを、書類を出して読んで聞かせた。ブロッホとしてはここで相手の話しの腰を折るわけにはいかない。というのはちょうどこのとき、門番は或る反抗的な農夫のことを扱ったラテン語の記録文書を訳読しているところだったから。〈彼は農場を去らねばならなかった。それからしばらくして、彼は森のなかで両足を枝にぶらさげ、頭を蟻塚（あり）へ突っ込んでいるのが発見された。〉と門番は読んだ。その小作台帳はなかなか部厚くて、門番はそれを両手で閉じねばならないほどだ。ブロッホは、この家には人が住んでいるのですか、と尋ねる。門番は、私用の場所へはいるのは許されていません、と答える。ブロッホはカチリという音を聞いたが、門番がふたたび台帳を閉じただけだった。門番は記憶をたどりながら《樅の木の森の暗闇がその男の頭を狂わしたのです。》と暗誦するように言った。窓の外で、重いりんごが一個枝からちぎれた、とでもいうような音がした。だがはね返る音はしない。ブロッホが外をのぞくと、庭で地主の息子が、長い竿の先きに、縁(ふち)にぎざぎざの歯のある袋をつけて、その歯でりんごをちぎっては袋に入れているのが見える。そして下の草むらには前掛けをひろげたあの女主人が立っていた。

　隣りの間(ま)には蝶類の標本板がかかっていた。門番は、標本づくりで手がこんなに斑点だらけになりました、と言って見せた。それでも多くの蝶が、留めてあるピンから抜け落ちている。ブロッホは標本板の下の床に粉末を見た。彼は近寄って、まだピンでしっかり留めてある蝶の残骸をつぶさに見た。門番が彼のうしろでドアをしめたとき、彼の視野の外の一つの標本板から何か落ちたものがあり、すでに落ちる途中で粉をまき散らした。ブロッホが見ると、それは一種の山繭で、いちめん柔毛のような緑がかった光でほとんど覆われている。彼は前にもかがまず、うしろにも退かなかった。空になった留めピンの下の説明文を読む。たいていの蝶類はその姿をすでにかなり変えているので、下にある名称でわずかに見分けるほかはない。《居間のなかの死体》と門番はすでに次の室に通じるドアの所に立って、何かを引用して言った。外で誰かの叫び声がし、りんごが地面を打つ音がした。ブロッホが窓からのぞくと、実の落ちた枝がはね返えったところだった。女主人は地面に落ちたりんごを、ほかの傷んだりんごの山といっしょにしていた。

　そのあと他国の学童が一組来合わせたので、門番は案内を中断して、はじめからやり直していた。ブロッホはそれをしおに遠ざかった。

　ふたたび道路に出て、彼は郵便バスの停留所のかたわらのベンチに――そこの真鍮板が示しているように、このベンチはこの町の銀行が寄贈したものだ――腰をおろした。人家は遠く離れているので、ほとんどもう一々区別がつかない。いくつかの鐘が鳴りはじめたが、鐘楼のなかでどれがどれだか見分けがつかない。飛行機が一機、下からは見えないほどの高度を飛んでいる。ただ一度、ピカッと光った。かたわらのベンチの上には、蝸牛(かたつむり)の這った跡が干(ひ)からびている。ベンチの下では草がまだゆうべの露にぬれている。タバコの箱のセロファンケースが靄のように曇っている。彼の左手に見えるのは……彼の右手にあるのは……彼のうしろに見えるのは……彼は空腹をおぼえ、先きへあるいていった。

酒場へもどる。ブロッホは肉の薄切れを注文した。ウェイトレスはパン切り機でパンとソーセージとを切り、ソーセージの薄切れを皿にのせてもってきた。上にはからしが少し塗ってある。ブロッホがたべているうちに、はや暗くなってきた。外で遊んでいたひとりの子供が、余りうまく隠れたので鬼に見つけられない。遊びがとうに終った頃ようやく、ブロッホはその子が人影のない道をあるいているのを見かけた。彼は皿をわきへ押しやり、コップ敷きもわきへ押しやり、塩入れもわきへ押しやった。

ウェイトレスは子供をベッドへつれていった。そのあとで子供は店へひき返し、寝衣のままで人々の間を走りまわる。床からときどき蚊がブーンと飛び立つ。帰ってきた女主人は子供をふたたび寝室へかかえていった。

　カーテンがしめられ、店は客でいっぱいになった。カウンターには数人の若者が立っていて、笑うたびに一歩ひき退るのが見える。そのかたわらに厚地の絹コートをまとった娘たちが、今すぐまたあるき出しそうな構えで立っている。若者のひとりが何かの話しをし、他の若者たちが、みんな一度にどっと笑い声をたてる寸前、体をこわばらすのが見える。すわっている者は、できる限り壁ぎわにすわっている。ジュークボックスのアームがレコードをつかみ、ピックアップのおりるのが見え、自分の選んだレコードを待つ数人の者が急に口をつむぐのが聞える。何の役にも立たず、何の変りばえもしない。ウェイトレスがだるそうに腕をぶらさげると、カーディガンの袖口から腕時計が手首へずり落ちるのが見え、コーヒー沸し器のてこがゆっくり上がり、誰かがマッチ箱をあける前に、それを耳もとへ持っていって振ってみる音が聞えたが、ただそれだけのことで何の変りばえもしない。とっくに空になったコップが何度も口に当てがわれ、ウェイトレスが、下げていいかどうか検べようとコップを少し持ちあげたり、若者たちがふざけて平手うちし合ったりするのが見える。何の役にも立ちはしない。金を払うよ、と誰かが叫んだとき、はじめてまた正気にもどった。

　ブロッホはかなり酔っていた。すべての対象が彼の手のとどかぬ所にあるかのようだ。彼は先きほどからの出来事にずっと遠く離れていたので、彼自身は、自分の見たもの聞いたものの現場には、全く姿をあらわさない。空中撮影みたいだ！　と彼は壁の鹿の角や角笛に目をやりながら考えた。彼にはいろいろな物音が雑音のように、或はラジオで礼拝を中継している際の咳ばらいか咽頭慣らしのように思われた。

　あとで地主の息子がはいってきた。彼はゴルフずぼんをはいていて、コートをブロッホのすぐ横に掛けたので、体をわきへよけなければならないほどだった。

　女主人は地主の息子のそばにいって腰をおろした。彼女がすわったままで何を飲みますかと彼に尋ね、それからその注文をウェイトレスへ呼びかけているのが聞える。ブロッホはふたりがひとつコップで飲むのをしばらく見ている。その若者が何か言うたびに、女主人は彼の脇腹をつつく。彼女が平手でさっと若者の顔を撫でると、彼はその手をツト捕えて、それにべたべたキスするのが見える。それから女主人は別のテーブルにすわってからも、そこらの若者の髪を撫でながら商売人らしい仕草をつづける。地主の息子はふたたび立ちあがり、ブロッホのうしろのコートのなかのタバコへ手をのばす。コートがご迷惑ですかと訊(き)くので、ブロッホは首をふったが、実はさっきから相手は少しもこっちを見てもいないのに気づいていた。ブロッホが声をあげる——《勘定だ！》するとみんながしばし正気にもどるらしい。たまたま頭をのけぞらせてワインの瓶をあけていた女主人がウェイトレスに——彼女はカウンターの向うに立って、水を吸ったスポンジの下敷きにコップをおいて洗っていた——何か合図をする。するとウェイトレスは、カウンターを囲んでいる若者たちを押し分けて彼の方にやってきて、冷えた指先でおつりのコインをさし出す。それは濡れていたが、彼は席を立ちながら無雑作にそれをポケットにつっ込む。ふざけてる、とブロッホは思った。おそらく酔っていたものだから、こんな出来事が彼には煩(わずらわ)しく思えたのであろう。

彼は立ちあがって戸口の方へいく。彼はドアをあけて出ていった——万事ちゃんとしているのだ。

気分をしゃんとするため、彼はしばらくそのまま立っていた。ときどき誰かが出てきて、放尿する。新たにそこへ加った連中は、ジュークボックスで聞いたばかりのものを、早くも外で合唱しはじめる。ブロッホは遠ざかっていった。

町・に・もどる、ホテル・に・もどる、部屋・に・もどる。ひっくるめてこの九個の言葉に尽きる、とブロッホはほっとして考えた。頭上で風呂の水を落す音が聞える。いずれにせよ、うがいの音が、最後には荒い息づかいと音をたててキスするのが聞えた。

ふたたび目をさましたとき、彼はほとんど寝入ってはいなかったにちがいない。咄嗟には、なんだか自分が自分自身のなかから脱け落ちたような気がした。自分がベッドに横たわっているのに気づく。持ち運び不能だ！　とブロッホは考える。一個の奇形だ！　突如何ものかへ変性したかのような自分自身を認める。もうどうにもしっくりしない。たとえこのままおとなしく横になっていたにしても、全くの空（から）

騒ぎで無駄骨だ。ここにこうして余りにも明白に歴然と寝ているからには、彼は、自分が比較されうるいかなるイメージも回避することはできない。彼は、事実において、何かいやらしいもの、みだらなもの、場違いなものであり、徹頭徹尾不快感をそそるもの、である。土砂をかけろ！　禁止しろ、遠ざけろ！　とブロッホは考えた。彼は自分自身を逆撫でしているように思えてならないが、しかし、やがて気づいたことだが、彼の自意識だけがばかに激しくて、それを体の全表面に触覚として感じ、なんだか意識も思念も、彼自身に対してつかみかかるもの、襲ってくるもの、打ちかかってくるものになっているかのようなのだ。無抵抗に無防備に、彼はそこに横たわっている。嘔吐感をもって内部が外部へとめくり返され、なじめない、というのでなく、ただいとわしい異物になっているのだ。それはひとつの衝撃であった。そして一衝撃でもって彼は不自然なものへと化し去り、連関から切り離されてしまったのだ。彼はそこに、あるまじき姿で、いかにも現実的に横たわっているのであり、もはや断じて比喩ではない。彼の自意識は、彼が死の不安をおぼえるほどに強かった。彼は汗をかいた。一枚のコインが床へ落ち、ベッドの下へころ

がった。彼は耳をそばだてる――これもひとつの比喩か？　やがて彼は寝入ってい
た。
　ふたたび、目覚め。2、3、4、とブロッホはかぞえはじめた。彼の状態が変化
していたというのではないが、寝ているうちに自己の状態に慣れてきたのにちがい
ない。彼はベッドの下へころがったコインをポケットに入れ、そして階下へおりて
いった。彼が怠らずにカムフラージュすれば、いつもに変らず一語がりっぱに次の
一語を生むのであった。
　雨もよいの十月の或る日、早い朝、埃だらけの窓ガラス――ちゃんと機能してい
る。彼は主人に挨拶した。主人はたまたま新聞を新聞掛けにかけるところであり、
ウェイトレスは台所と食堂との間のハッチへ給仕盆を押し出していた――いつもに
変らずちゃんと機能している。彼が注意してみれば、それは次々順序よく進行して
いる――彼はいつもすわるテーブルにいって腰をおろす。毎日ひろげる新聞をひろ
げる。新聞の覚え書きを読むと――ゲルダ・T殺人事件の真新しい手掛りを追跡中
だが、それは南部地方にまで及んでおり、被害者宅で発見された新聞の欄外に書か

れた金釘流の文字は捜査を進展させた、と伝えている。ひとつの文章が次の文章を生むのだ。それから次に、それから次に、それから次に……。ひとはしばらくの間は、あらかじめ安んじていられるものだ。

しばらくするとブロッホは――もともと彼はいつも店にすわって、外の路上で起ることをぼんやり数えあげているのだが――ハッとして、ひとつの文章が自覚されていることに気づいた。その文章にいわく――〈彼はたしかに余りにもながく暇であった。〉ブロッホにとってこの文章は終結文章と思われたので、自分がどうしてここに立ち至ったかをふり返って、じっくり考えてみた。それより前には何があったか？そうだ！　今にして思い当るが、それより前には、彼はこう考えていたのだ――〈シュートにびっくりして、彼はボールを股の間から抜かしてしまった。〉そしてこの文章より前には、ゴールのうしろで彼をいらいらさせるカメラマンたちのことを考えていた。そしてそれより前には――〈彼のうしろに誰かがたたずんでいたが、やがてしかし口笛で犬を呼んだだけだった。〉そしてこの文章より前には？この文章より前には、彼は或る女のことを考えていた。その女は公園にたたずんでいたが、ふり返り、よくいけない子を見つめるときのように、彼の背後の何かを見つめていた。そしてそれより前には？　それより前にはホテルの主人が、税関吏によって国境のすぐ手前で死体となって発見されたという口の利けない学童のことを話していた。そしてこの学童より前には、彼は、線（ライン）のすぐ手前で跳ねあがったボールのことを考えていた。そしてボールのことを考えるより前には、路上であの市場の女が腰掛けから跳びあがって、ひとりの学童のあとを追いかけるのを見ていた。そしてこの市場の女より先行していたのは、新聞のなかの次の一文章であった——〈その家具職人の親方が泥棒を追いかけるとき邪魔になったのは、彼がまだ前掛けをかけていたことである。〉しかし彼が新聞のこの文章を読んだのは、殴り合いの際に、どうやって上衣のうしろが腕の上までまくられたかを考えていたときであった、そして彼が殴り合いを考えるに至ったのは、彼がいやというほど向う脛（ずね）をテーブルにぶっつけたときであった。そしてそれより前には？　向う脛をテーブルにぶっつけるように仕向けたのが何であったか、もはや思い当るものがない。彼は或る経過のなかに、それより前にありえたであろう事柄に対するひとつの手がかりを求めるのである。それはあの動作と関係があったか？　或はあの苦痛と？　或はテーブルと向う脛から発する音と？　しかしそれ以上前へはさかのぼれない。やがて彼は目の前の新聞紙上に、或る家の戸口の写真を見た。そしてそのドアは、奥に死体があるので打ち壊さなければならなかったのだ。つまりこの家の戸口から事がはじまったのだと、彼は考え、やがて次の文章――〈彼は余りにもながく暇であった。〉――に至ってようやく正気にもどったのである。

それからひとときの間はそれでうまくいった。彼の話し相手になった人々の唇の動きは、彼がその人たちから聞いた事と一致した。家々は正面からだけで成り立ってはいない。酪農場の荷の積みおろし台から、重い粉袋が倉庫のなかへ曳きずり込まれた。誰かがはるか下の道端で何か叫べば、事実それはあそこの下の方から発しているように聞き取れた。向い側の歩道を通りすぎる人々は、背景を通過したのでは一文(いちもん)にもならないらしかった。目の下に絆創膏をはった若者は、ほんとに血のかさぶたをつけていた。そして雨は、視野の前景にだけでなく、全視界において降っているように見えた。やがてブロッホはとある教会の軒下にいた。彼はどこかの横丁を通ってここまでたどりつき、雨が振りだしたとき、この屋敷の下へ身をおいたのにちがいなかった。

教会のなかは、彼が考えていたよりも意外に感じるほど明かるかった。だからすぐそこのベンチにすわってから、彼は頭上の天井画をながめることができた。しばらくして彼はその画に見おぼえがあった——これは、あのホテルのすべての部屋に配られている説明書のなかに模写されているものだった。そこにはこの町やその周辺が大小の道路と共にスケッチしてあるのでブロッホは一枚ポケットに入れていたが、その説明書を取り出して読んでみると、画の前景と後景とは別々の画家が製作したもので、前景の人物は、もう一人の画家がまだ後景を採色していた頃には、すでにはやく完成していた、という。ブロッホは説明書から目をはなして円天井を見あげる。人物は、それが誰であるか彼は知らないので——きっと聖書物語のなかの誰々という人々なのであろう——退屈だった。それにもかかわらず、外のいよいよ激しい雨に降りこめられて、じっと円天井を見あげているのは快い。画は教会の天井全面に及んでいる。後景は、よく晴れた、ほとんど一様に青い空をあらわし、所所に二三の羊雲が見え、一ヶ所、人物の頭上をかなり離れて、一羽の鳥が描かれている。ブロッホは、この画家は何平方メートルを彩色せねばならなかったのか、と見積ってみた。こんなに万遍なく青く塗るのは困難ではなかったかどうか？　ここに使われている青はこんなにも明かるいのだから、この色にはきっと白が混ぜてあるにちがいない。そしてそれらを混ぜる場合、青の色調が描く日によって変らぬように留意せねばならなかったか？　だがその反面、この青は全然全く一様というのではなく、筆使いに変化がある。してみると、天井をただ単純一様に青で塗りつぶすわけにはいかず、まさしく一つの画を彩らねばならなかったのか？　後景は空になっているが、それはめくら滅法に巨大な筆、おそらく箒(ほうき)みたいなもので、当然まだ湿っているモルタルへ色を塗るというやり方ではなく、ブロッホがつくづく考えてみるに、この画家は青に少しずつ変化をもたせながら、まさしく一つの空を描かねばならなかったのであり、しかもその変化はそれなりに、混合の際のミスとみなされるほど余りはっきりしていてはいけないのだ。事実、後景がいかにも空のように見えるのも、一般に後景を空と考える習わしがあるからではなくて、あそこの空がひと筆ひと筆と描き込まれていったからだ。ブロッホの思うには、あの空はほとんどスケッチしたと思えるほど厳密に描き込まれている。いずれにせよ前景の人物たちよりもずっと厳密に。画家は激怒のあまりあの鳥を描き添えたのだろうか？鳥ははじめにすぐ描き加えたものか？　それともやがて完成してからはじめて描き込んだものか？　後景の画家はかなり絶望的になっていたのではあるまいか？　それを暗示するものがあるのではないから、ブロッホにはこの解釈もたちまちばかばかしいものに思える。総じて、自分がこの画と係わりをもって、ゆきつもどりつしたり、あちらこちらにすわり、出たりはいったり、そんなことをしてみても結局は言いのがれに過ぎないように思われてくる。彼は立ちあがる――〈気をそらすものなんかない！〉と彼は自分に言い聞かせる。自分自身に反駁するためのように、彼は外に出て、ただちに道路を横切って、そこらの家の玄関にはいり、雨がやむまでそこの牛乳の空瓶のわきに、気負った気持で立っていたが、誰かが寄って来て彼を話し相手にするでもなかったので、彼はその辺のカフェにはいり、そこにしばらく足をながながと伸ばしていたが、その足につまずいて喧嘩を買って出るほどの物好きもいなかった。

彼が外に目をやると、一台のスクールバスの停まっている広場の一画が見える。カフェのなかは、右と左は壁の区画で、火のない煖炉があって、その上には花束がのせてあり、反対側には外套掛けがあって雨傘が一本かかっている。他の区劃にはジュークボックスが見え、そこには一つの光の点がゆっくり往ったり来たりしていたが、やがてそれは選ばれた数字の所に止まる。その横に並んでタバコの自動販売機があり、その上にもまた花束。そして一方、もう一つの区画にはカウンターのうしろに主人がいて、そばに立っているウェイトレスに代って瓶の栓をあけてやり、彼女はそれを盆にのせる。そして最後には彼自身のいる区画。その彼は両足をぐんと伸ばし、その靴の踵(かかと)は濡れて汚れている。更にテーブルの上にはばかに大きい灰皿、その横のサイドテーブルには小ぶりな花瓶となみなみついだワイングラス、そこにはたまたま誰もすわっていない。外の広場へ向っての視角は——スクールバスが出ていった今になって気づいたのだが——絵葉書にみる視角とほとんどぴったり一致している——即ち、近くには装飾噴泉のほとりのペスト終熄(しゅうそく)記念塔のある一画、遠くには、情景のはずれに自転車スタンドのある区画。

ブロッホはいらいらしてきた。これらの区画の内側に、彼は細々したものを迫ってくるほどはっきり見た——まるで彼が見ている各部分が全体の代弁をしているかのように。またしても彼には細々したものが、それぞれ名札のように思えてくる。〈発光文字〉と彼は考える。そうすると彼は、一つのイヤリングをつけているウェイトレスの耳を、全人格を示す一つの標識と見るのだ。そしてサイドテーブルの上のハンドバッグは——少し口があいているので、そのなかに水玉模様のスカーフが認められるのだが——女を、即ちテーブルの向うでコーヒー茶碗をもち、片手でグラフ雑誌をただときどき写真の所でちょっと間をおきながら手早くめくっている女を、代弁している。カウンターの上の次々重ねあわせたソフトクリームのコップの塔は、いわば店の主人を代弁する比喩の感じであり、外套掛けの下の床の水溜りは、その上の雨傘を代表している。ブロッホは、客たちの頭を見るのではなく、その頭の高さの壁の汚れた個所を見ている。彼はひどく昂奮していたので、折りしもウェイトレスが壁照明を消そうとしてひっ張った汚い紐を——外はふたたび少し明るくなっていた――あたかもこの壁照明全体が、特に彼に対して、一種の不当な要求であるかのように、見つめていた。雨のなかを歩いて来たので頭痛もしてきた。

迫ってくるような細々(こまごま)したものが、いろいろな物の形姿とそれの属する環境とを汚し、すっかり歪めているように思われる。それら細々(こまごま)したものを個別に名づけ、それらの名称を形姿そのものに対する罵言として用いることにより、ひとはわが身を防衛することができるのだ。カウンターのうしろの主人だって、ソフトクリームのコップと呼んでもいいし、ウェイトレスに向って、きみは耳たぶにあいたイヤリングの穴だよ、と言ってやることもできる。同様に、グラフ雑誌を見ている女に言ってやりたくなる――このハンドバッグめ！　またサイドテーブルのそばのあの男には――彼はようやく奥の部屋から出て来て、勘定する間立ったままでワインを飲んでいる――このずぼんの汚点(しみ)め！　やがてグラスをあけて、それをテーブルにおいて出ていったあの男には、うしろから怒鳴ってやりたい――きみは指紋だ、ドアの引き手だ、コートの切り目(スリット)だ、雨水の溜りだ、自転車乗りの裾留め金具だ、自動車のフェンダーだ等々、外に出たその男が自転車に乗って情景から消え失せるまでつづく……。ひとびとの談笑、殊に、へえ？　とか、おや！　とかの叫び声すら実に迫ってくるように思われ、それを嘲笑として大声で怒鳴り返してやりたくなるほどだ。

ブロッホはとある肉屋にはいっていって、ソーセージパンを二つ買った。持ち金もだんだん乏しくなってきたので、食事はホテルではしないつもりだ。彼は、棒からずらり並んでぶら下っているソーセージの先ッちょをつくづくながめ、どのソーセージを切り取ってもらいたいかを店の女に指さす。子供が紙切れを手にしてはいって来た。それはちょうど店の女が、税関吏さんは学童の死体をはじめは流れ寄ったマットレスかと思ったんですって、と話したときだった。彼女はボール箱から巻きパンを二つ取り出し、切り離さぬほどにナイフを入れる。そのパンはもう古くなっていて、ナイフがはいるとパリパリという音がブロッホの耳にはいった。店の女は巻きパンを二つに開いて、その間にソーセージの薄切れをはさむ。ブロッホは、ぼくは暇があるから子供さんを先きにしてくれ、と言う。見ていると子供は紙切れを黙って突き出している。店の女はかがみ込んでそれを読む。それから彼女が肉をぶっ切りにしようとして、それが切り台から滑って石畳みの床の上に落ちた。ピシャッ！　と、子供が言う。肉の切れはその場にそのままだった。店の女はそれをひろいあげ、ナイフで削り取ってから、紙にくるむ。ブロッホが外を見ると、学童たちが、もう雨は降っていないのに雨傘をひろげてあるいている。彼は子供のためにドアをあけてやり、そして店の女がソーセージの先ッちょから腸の皮を剥ぎ取り、ソーセージの薄切れを二番目の巻きパンにはさむのをながめていた。

商売はうまくいかないんです、と店の女が言った。《住宅が道路の片側にだけあって、うちの店も同じ側にあるもんですから、第一に向い側には人が住んでいないので、ここに店があるのをそっちから見てくれる人がないのと、第二に通りがかりの人は決して道路の向う側をあるきません。ですから店の真近かを通り過ぎることになり、ここに店があることを見逃すのです。それにショーウィンドウも隣り近所の居間の窓よりさして大きくもありませんしね。》

ブロッホが不審に思ったのは、なるほど人々は、反対側の道路の方が広々としてむしろ陽あたりもずっといいのに、そちらをあるかないことである。家並みに沿ってあるきたい欲望ってものがあるんだろうねえ！　と彼は言った。彼は文章の半ばで話すのがうとましくなり、ただつぶやくしかできなかったので、店の女は彼の言うことが分らなくなり、まるではじめから答えとして冗談を予期していたかのように笑った。やがて三々五々人々がショーウィンドウのそばを通りがかるときになって、事実、店のなかはほんとに冗談と感じられるほど暗くなってきた。

第一に……第二に……と、ブロッホは店の女の言ったことをひとりで繰り返してみた。話しはじめただけで、すでに文章の終りで言いそうな事が分るというのが、彼には無気味な気がする。彼はやがて外をあるいていきながらソーセージパンをたべる。包んであったパラフィン紙を、捨てようとしてくるくる丸める。屑籠が手近かに見当らない。しばらく彼はその紙玉をもってあっちの方向こっちの方向へとあるく。紙玉を上衣のポケットに入れ、また取り出し、結局生垣（いけがき）の間からそこらの果樹園のなかへ投げ込む。たちまち鶏どもがそれをめがけて四方からかけ寄ったが、紙玉をついばむまでもなく、ふたたび廻れ右をした。

ブロッホは、ゆく手を三人の男が道路を斜めに横切るのを見た。二人は制服姿、真中の一人は黒の晴れ着で、ネクタイが風のせいか走ったためか、跳ね返って肩越しにうしろへ垂れている。憲兵たちがジプシーを憲兵詰所へ連行するところと見受けられた。戸口までは彼らは並んであるいていき、見たところジプシーは両憲兵の間で行動は拘束されておらず、彼らと話しをしている。しかし憲兵の一人がドアを突きあけると、もう一人はジプシーを、摑んだりはせず、軽くうしろからその肘（ひじ）に触れた。ジプシーは肩越しにその憲兵をふり返り、親しげににっこりした。ネクタイの結び目の下のシャツの襟があいている。ジプシーはいわばわなにかかったようなもので、腕にさわられたときには、ただもう途方に暮れて憲兵たちを親しげに見るしかなかったのだろう、とブロッホには思われた。

　ブロッホは彼らにつづいてその建物にはいった。そこには郵便局もあるのだ。こうして自分が大ぴらにソーセージパンをたべているのを見れば、誰も彼が何かに巻き込まれているとは思いもよらぬだろう、と彼は一瞬考えた。〈巻き込まれている?〉　ジプシーが連行される際に自分がここに居合わせていることを、ソーセージパンをたべるといった何らかの行動によって先ず弁明しなければならぬなどと、ゆめにも考える必要はないのだ。陳述を求められ、何かを突きつけられたときにだけ、弁明できればいいのだ。そもそも陳述を求められるかも知れぬと考えることすら避けねばならないのだから、今度の事件に対して予めあれこれ弁明を準備することなども考える必要はない。今度の事件など、そもそも存在しなかったのだ。だから、ジプシーが連行されるのを目撃したかどうか、と尋ねられても、自分はソーセージパンをたべていたので気をそらされていました、などと否定したり言いわけしたりする必要はなく、むしろ自分は連行の目撃者でした、と認めたっていいのだ。〈目撃者？〉とブロッホは郵便局で電話の接続を待ちながら、自分の考えを中断した。〈認める？〉これらの言葉は、彼にとって無意味な今の出来事と何の係わりがあるのか？　これらの言葉は、彼がまさに否定しようとしている意味を、その出来事に与えることになるのではないのか？　〈否定する？〉とブロッホはふたたび自分の考えを中断する。否定すべき何ものもありはしない。彼が表現したいと思っていることを、一種の供述としてしまうような言葉に対して、彼は気をつけなければならない。

彼は電話ボックスへ呼び込まれた。自分が何か供述をしたがっているような印象を与えまいと相変らず考えているくせに、受話器の握りをハンカチで包んでいる自分に気づいた。少々うろたえて、彼はハンカチをポケットへ入れた。不用意な口を利いてはならぬと考えながら、どうしてハンカチということになったのか？　彼が呼び出そうとした友人は、日曜日の重要な試合を控えてチームといっしょに合宿訓練にはいっていて、電話が通じない、とのことである。ブロッホは女子局員に別の番号を申し出た。彼女は、先ず一通話の料金を支払うように求める。ブロッホは料金を払いベンチに腰をおろして二番目の通話を待つ。電話が鳴り、彼は立ちあがる。しかしそれはお祝い電報の通告にすぎなかった。女子局員はそれを書きとめ、次ぎに一語々々確認する。ブロッホはうろうろする。集配人が一人帰ってきていて、女子局員の前で大声で集金の清算をする。ブロッホはすわる。昼さがりの今、外の道路には気をそらすようなものもない。ブロッホはいらいらしてきたが、顔色には出さない。あのジプシーは国境の税関所の地下壕に何日間か潜(ひそ)んでいたんだって、と集配人が話しているのが聞える。《その位のことなら誰だって言えるサ》とブロッホが言う。集配人は彼の方をふり返り、口をつぐんだ。あいつがニュースらしげに喋（しゃべ）っている事なんて、すでに昨日の、おとといの、先きおとといの新聞に出てらあ。あいつの喋っていることは何の意味もありゃしない、全然全く、金輪際（こんりんざい）、ありゃしない、とブロッホはつづけて言う。この言葉の途中で集配人はブロッホに背を向けてしまい、女子局員とひそひそ話し込んでいる。その綿々として尽きないつぶやきは、たとえば外国映画のなかで、どうせ分りっこないものだから翻訳せずにおいた個所でも聞いているかのようだ。ブロッホは自分の所見ではもはや間に合わなくなった。〈もはや間に合わぬ〉というその場所がほかならぬ郵便局であったという事実が、突如として事実とは思えなくなり、彼にはむしろ下手な冗談であり、前々から実にきらいな、例えばよくスポーツ記者仲間にみる語呂合わせの一種のように思われてきた。ジプシーに関する集配人の物語りにしてからが、なんとも下手な思わせぶり、歯切れの悪い当てこすりのように思われ、お祝い電報なるものも同じで、そこに用いられている言葉はまことに口ざわりが良すぎて、とてもそのままの意味でいっているはずはない。それに、話された事柄だけが何らかの当てこすりであっただけでなく、周囲のいろいろな対象すら、彼に対して何かを暗示しているらしい。〈まるでそれらの対象が俺に目配せし、合図をしているかのようだ！〉とブロッホは考えた。だってそうじゃぁないか、インク瓶の蓋がその横の吸取紙の上にどっしりとおいてあるということ、その吸取紙は斜面机の上に明らかに今日あらたに挿入されたもので、それだからこそいくつかの吸い取った文字がそこに読み取れるということは、一体何を意味するというのか？〈それだから〉ではなく、より正しくは〈……するために〉と言うべきではないか？　つまり吸い取った文字が読み取れるように**するために**……ではないのか？　やがて女子局員は受話器を取りあげ、お祝い電報の綴りを通話した。その際彼女はどんな暗示をしたのか？　彼女は〈多幸なれ〉と伝えていたが、その裏には何がかくされていたか？　〈敬具〉——それは一体何を意味するのか？　これらのきまり文句は何を代弁するのか？〈誇りたかき祖父母様〉とは誰の匿名（とくめい）なのか？　すでに今朝も、新聞紙上で見た〈君はなぜ電話をかけないか？〉という小さな広告を、ブロッホはすぐにこれはわなだと受け取ったものだ。

彼には、集配人と女子局員とが画中の人物のような気がする。〈女子局員と集配人〉と彼は自分の言葉を訂正した。今、こんな白昼に、こんな言葉を弄ぶいやな病気が彼を襲ったのだ。〈白昼に？〉彼は、なぜだか分らぬがこの言葉を思いつかざるをえなかった。この表現は、不快ながら彼には機智あるものに思われた。しかし先きの文章のなかのその他の言葉はさほど不快ではなかったのか？〈病気〉という言葉をひとり口にしていると、二三度繰り返すうち、なんとしても笑い草でしかすぎなくなる。〈或る病気が私を襲う。〉――ばかばかしい。〈私は病気になる。〉――これもまたばかばかしい。〈女子局員と集配人〉〈集配人と女子局員〉〈女子局員と集配人〉――無類の冗談だ。あなたはすでに、集配人と女子局員という冗談を知っていますか？〈すべてが一つの標題のように思われる。〉とブロッホは考えた――即ち〈お祝い電報〉〈インク瓶の蓋〉〈床の上の吸取紙の切れ端〉いろいろな印章（スタンプ）が掛けてあるスタンドを、彼はスケッチされたもののように見た。彼はそのスタンドをながい間見つめていたが、このスタンドのどこが冗談めいているというのか思い当らない。一面、そこには何らかの冗談があるにちがいない――なぜかと言えば、さもなければ彼にそのスタンドがスケッチされたもののように思えるわけがないではないか？　それともこれまたわなであるのか？　この物品は、彼が言い間違いをするという事に役立っているのか？　ブロッホはあらぬ方へ目をやり、ふたたびあらぬ方へ目をやり、ふたたびあらぬ方へ目をやった。このスタンプ台はあなたに何事かを語っているのか？　あなたはこの記入ずみの小切手を見て、何を考えるか？　あなたは、引き出しをあける事に、何を結びつけて考えるか？　ブロッホは、物品をかぞえあげていて詰ったり省略したりしたが、それらの物品が間接証拠として役立つかも知れないとすれば、このホールの物品目録をかぞえあげる義務があるかのように感じた。集配人は、相変らず肩にかけている大きな鞄を平手でたたいた。〈集配人は鞄をたたき、それを肩からおろす。〉とブロッホは一語々々考える。〈今、彼はそれを机の上におき、小包室へはいっていく。〉

　彼はそれらの経過を、ちょうどラジオのレポーターが民衆に対するようなやり方でしか心に描くことができないとでもいうように、自分の心に刻みつけた。しばらくあとで、それが役に立った。

彼は、電話が鳴りだしたので立ち止まった。いつもながら電話が鳴るたびに、それより一瞬早くすでにそれを知っていたような気がするのだ。女子局員が受話器を取りあげ、やがて電話室を指示する。彼はすでに電話室にはいっていながら、自分はもしかすると彼女の手の動きを誤解したのではあるまいか、あれはもしかすると全然誰に対してというものではなかったのではあるまいか、と自問する。彼は受話器を取りあげて、むかしの妻に——彼女は相手が彼であることを知っているかのように、姓なしで自分の名だけを名乗った——いくらかの金を局留めで送ってくれるように頼んだ。一種独特な沈黙がつづく。ブロッホは或るささやきを聞いたが、それは彼に対するものではなかった。《どこにいらっしゃるの?》と妻が訊く。ぼくは金欠病で首が廻らなくなっているんだ、とブロッホは言い、何かひどく冗談めいた事でも言ったかのように笑う。妻は答えない。またしてもささやきをブロッホは聞いた。それはとてもむつかしいわ、と妻が言う。なぜ? とブロッホが訊く。わたし、あなたに言ったんじゃありません、と妻が答える。《お金、どこへ送ったらいいのですか?》　きみがなんとかしてくれないと、今にすぐずぼんのポケットまでひっくり返さねばならなくなるだろう、とブロッホが言う。妻は黙る。やがて相手側で受話器がおかれた。

〈去年（こぞ）の雪〉とブロッホは、電話ボックスを出ながらふいに考えた。これはどういう意味なのか？　国境付近にはひどくはびこり密生した下草があるので、そこでは初夏でもなお残雪が見られる、ということを事実聞いたことがある。だがそんな意味だったわけじゃない。それに、何も下草のなかに探す物なんかありはしない。〈探すものは何もない？〉それはどういう意味か？　〈俺の言うような意味サ〉とブロッホは考えた。

久しく持ちまわっている一ドル紙幣を、彼は銀行で両替えした。更にブラジル紙幣も両替えしようとしたが、その銀行ではこの通貨は買い取ってくれず、おまけに為替レートもなかった。

ブロッホがなかへはいったとき、係員はコインをかぞえあげてはそれを丸い筒束（つつたば）にして包み、その筒束にゴム輪をはめていた。ブロッホは紙幣を窓口の台へのせる。かたわらにオルゴール時計がある。二度目に見てはじめて、それが社会福祉のための寄付箱であることが分った。係員はちょっと目をあげたが、またかぞえつづける。ブロッホはひとり合点で紙幣を窓ガラスの下から向う側へ押しやる。係員は筒束を一列に自分の横に積みあげる。ブロッホは背をまげ、紙幣を吹いて係員の机の方へ飛ばす。係員は紙幣をひろげ、手の平の縁でそれを平らにし、指先きでそれにさわってみる。その指先きがかなり黒くなっているのをブロッホは見た。奥の部屋から二番目の係員が出てきた。何かを確認しようというんだナ、とブロッホは考える。彼は両替えしたコインを――そこには紙幣は一枚もない――紙の小袋に入れてくれと頼み、窓ガラスの下からコインを押し返す。係員は、さっき筒束を積みあげたときと同じに、コインを紙の小袋に入れ、その小袋をふたたびブロッホの方へ押した。もし誰彼なしに金を小袋へ入れてくれと言いだしたら、いつかは銀行は破産するかも知れんナ、とブロッホは想像する。他の一般の買物にもそうするようになるかも知れん――ひょっとすると包装材料の消耗がだんだん商売に破産を余儀なくするかも？　とにかく、そんなことを想像するのはたのしかった。

或る文具店で、ブロッホはこの地方の徒歩旅行地図をもとめ、それをちゃんとくるんでもらい、更に鉛筆を一本買い、その鉛筆を小さい紙袋に入れてもらう。巻いた地図を手にして彼は先きへあるいていく。さっき手ぶらだったときより、なんだか今の方が正直者になったような気がする。

彼はすでに町を出はずれて、周囲への眺望のきく辺りのベンチに腰をおろし、地図上の各細部と目の前の実景の各細部とを鉛筆でくらべてみた。記号説明——この丸印は濶葉樹林、この三角印は針葉樹林を示す。そして地図から目をあげると、ぴったり一致するのに驚いた。向うのあの地帯は湿地であり、あの向うにはキリスト聖像柱、あちらには鉄道踏み切りがあるはずだ。この国道に沿っていけば、ここで橋をひとつ渡り、それから貨物運搬道路にぶっつかり、次いで急斜面を登ることになり、すでにそこは高所に立つことになる——だからこの道から脇へそれて、この畑を越え、この森をめざしてゆくことになり、さいわいそこは針葉樹林だが、しかし早くもその森のなかから二三人こちらへ向ってやってくるかも知れぬから、そこで急転回せねばならず、この坂をかけ下りてこの農家に向い、この納屋(なや)のわきを通り抜けて、そこからこの小川に沿ってゆき、ここの所で——ここではジープがこちらめがけてやって来るかも知れぬから——向うへ飛び越し、それからは耕地区画をジグザグに越えていき、この生垣（いけがき）をくぐり抜けて道路へ這い出る。そこへ折りよく一台のトラックが通りがかり、それを停めて乗り込めば身は安全だ。ブロッホはそこでハタといき詰る。《それが殺人だというのなら、まさしく思考の飛躍だ。》と、どこかの映画で誰かが言うのを聞いたことがある。

彼は、実景のなかには見当らぬ四角形を地図上に発見してホッとした——あそこにあるはずの家が実際には無くて、ここで曲っている道路が事実は真っ直ぐである。ブロッホはこの不一致で救われたような気がした。

彼は野良を一匹の犬がひとりの男に向ってかけていくのをじっと見ていた。やがて、自分が見ているのはすでに犬ではなくて、他人のゆく手を妨げる人のような動きをみせているあの男だったことに気づいた。おや、あの男のうしろに子供がひとり立っているのが見える。自分が観察しているのは、何の変哲もなさそうなあの男や犬ではなくて、遠目にはもがいているかとも見えるその子供だった。だが、もがいているかと彼に思わせたのは、その子供の叫び声だったことがやがて分る。そのうちに男ははやくも犬の首輪をつかんでいた。犬、男、子供の三者は或る方角へいってしまった。〈あれは誰に向けられたものだったのか？〉とブロッホは考えた。目の前の地上には或る別の光景——一つのパン屑にあつまってくる蟻だ。自分が観察しているのはまたしても蟻ではなくて、逆に、パンのなかのやわらかい部分に止まっている蝿であったことに気づいた。

文字どおり、彼の見るものすべてが奇異だった。これらの情景は自然のものとは思えず、なんだか特に誰かのために作為されたもののようだ。これらの情景は何かに役立っているのだ。じっと見つめていると、それらが文字どおり目のなかへ飛び込んでくる。〈コールサインのようだナ〉とブロッホは考える。命令のようだナ！彼が目をつむり、しばらくしてふたたびそちらへ目をやると、文字どおりすべてが一変したような気がする。目にうつる区画がそれぞれ縁の所がちらちら光り、ふるえているかに見える。

ブロッホは坐位から、まともに立ちあがらずにすぐにあるいていった。しばらくして立ち止まり、次いで立位からたちまち走りだす。すばやく歩み出て、急にストップし、方向を転じ、同歩調で走り、やがて歩調を変え、ふたたび歩調を変え、ストップし、今度は後ろ向きに走り、後ろ向きに走りながらくるっと廻り、前向きに走りつづけ、後ろ向きに走りながらふたたび向き直り、後ろ向きにあるき、前向きに走りながらくるっと廻り、数歩いって全力疾走に移り、鋭くストップし、道路の縁石（ふちいし）に腰をおろし、そしてたちまち坐位から走りつづける。

彼はやがて立ち止まり、ふたたびあるきだしたとき、情景は縁（ふち）の方からだんだん翳（かげ）りだしたように見える。ついには中心部の円形を残して黒くなった。〈映画のなかで誰かが望遠鏡をのぞいているときみたいだ。〉とブロッホは考えた。両脚にながれる汗をずぼんでぬぐった。どこかの地下室のそばを通りかかる。そこでは、地下室に通じる戸が半ばひらいていたので、郭公草（かっこうそう）が独特な微光を放っていた。〈馬鈴薯みたいだ。〉とブロッホは考えた。

当然なことだが、彼の目の前の家は二階建てで、鎧戸（よろいど）には固く鈎（かぎ）がかけてあり、屋根瓦には苔が（こんな言葉もある！）はえ、戸口は閉っていて、その上には——**小学校**と書いてあり、奥の中庭で誰かが薪を割っていた。あれはきっと学校の小使いさんにちがいない。その通りだ。学校の前面にはむろん生垣がある。そうだ、実にすべてがぴったり揃っていて欠けるものは何ひとつなく、薄暗い教室内の黒板の下にはちゃんとスポンジの黒板拭きがあり、そのわきにはチョークのかけらを入れる箱、窓下の外壁には半円形ができていて、そこには、それが窓の鈎の掻き傷であることを証明するいわば一種の図解がついている。およそ見るもの聞くものすべてが、言葉にぴったり合っていることを証明しているかのようだ。

教室のなかの石炭箱の蓋がパクンとあいていた。その箱のなかには（これはエイプリルフールだ！）石炭用シャベルの柄が見え、更には巾広い板で張った床、床の隙間は水洗いのためまだ濡れている。壁にはおきまりの地図があり、黒板わきには手洗い台、窓框にはとうもろこしの葉——下手な模倣一色だ！　こんなエイプリルフールになんか欺されないゾ。

彼はだんだん拡がる円形を描いているかのようだった。

彼は戸口の横の避雷針のことを忘れていた。今にしてそれが彼には何かの標語のように思われてきた。彼は何かをはじめるべきであった。彼は学校のかたわらを通って奥の中庭へいき、薪小屋で小使いさんと話しをすることで切り抜ける。薪小屋、小使いさん、中庭——これらは標語だ。見ていると、小使いさんは薪を薪割台にのせて斧を振りあげる。彼が中庭から合間に話しかけると、小使いさんは手を休めて答える。それからやおら薪に打ち込むのだが、命中するより先きに薪はわきへころげ落ち、薪割台に打ち込んでパッと埃が立つ。背後にある、まだ小割りしてない材木の山ががらがらと崩れる。またしても何かの標語だ。しかしそのあとにつづいた事といえば、彼が、薄暗い薪小屋にいる小使いさんに、一体すべての学級に対してこの教室ひとつだけですかと尋ね、すると小使いさんが、すべての学級にこの教室ひとつだけですと答える、ただそれだけだった。

子供たちが学校を卒業するときに、まだ話すすべがてんでものになっていないのは不思議ではありません、と小使いさんは、丸太へ斧を打ち込み、薪小屋から出て来ながら、突然言った——子供たちはただ一つの自分の文章すら終りまで話すことができないんです。お互いがほとんど片言で話しているだけで、問われない限りてんで話せません。それに子供たちが学んだことは暗記材料にすぎず、それをそらんじて喋るだけ、それを乗り越えて、完全な文章にするのは駄目なんですからねえ。

《そもそも、みんなが多少とも言語障害なんですよ。》と小使いさんが言った。

あれはどういう意味だったのか？　小使いさんはどういう積りであんなことを言ったのか？　彼とどういう係わりがあったのか？　何もなかったのか？　そうだとすれば、なぜ小使いさんは、まるで彼に係わりがあることのようなふりを、、したのか？

ブロッホは答えるべきだったのかも知れぬが、彼はそうはしなかった。ひとたび始めたからには話しつづけなければなるまい。そこで彼はなおしばらく中庭をあるき廻り、小使いさんが割る際に小屋から飛び出た木切れをあつめる手伝いをし、それからゆるゆると目立たぬようにするりと道路へひき返し、煩わされずに遠ざかることができた。

彼はグランドのそばを通りかかった。勤務の終った時刻で、サッカー好きの人たちが練習をしていた。地面がぬれているので、誰かがボールを蹴ると、草から水滴が飛び散る。ブロッホがしばらく見物しているうちに薄暗くなり、彼は更に歩きつづけた。

駅の食堂で彼は肉だんご(フリカデレ)をひとつたべ、コップに二三杯ビールを飲んだ。プラットホームに出てベンチに腰をおろす。ハイヒールの娘がひとり砂利の上を往き来している。駅の事務室のなかで電話が鳴った。ひとりの駅員が戸口に立ってタバコをふかしている。待合室から誰かが出て来て、すぐ立ち止まる。ふたたび事務室でベルの音がし、まるで電話口で喋(しゃべ)ってでもいるような声高かな話し声が聞える。いつの間にか辺りは暗くなっていた。

たいへん静かだ。あちこちでタバコをすっているのが見える。水道栓が激しくあけられ、すぐまた閉められる。まるで誰かがびっくりしたとでもいうようだ！　ずっと遠く、闇のなかで数人の話し声がする。ア・イというはっきりした音声が夢うつつで聞くようだ。誰かが叫んだ――あッ痛い！　叫んだのが男か女か聞き分けられない。ずっと遠く離れて《あなたはひどく疲れていらっしゃるようですね！》と誰かがじつにはっきり言うのが聞える。レールの間にひとりの線路工夫が突っ立って頭を掻いているのが同じくはっきり見える。ブロッホは自分が眠っているのだと思っていた。

列車がはいってくるのが見えた。数人下車したが、なんだか降りたものかどうか迷っていたようだ。最後にひとりの酔っ払いが降りてきて、乱暴にドアを閉めた。見ていると、プラットホームで駅員が懐中ランプで何か合図をし、そして列車はふたたび出ていった。

待合室でブロッホは発着時刻表をながめる。今日はもう通る列車はない。とにかく、いつの間(ま)にかおそくなり、映画館のひらく時刻になっていた。

映画館のロビーにはすでに数人すわっていた。ブロッホはキップを手にしてそこに加わる。だんだん人数がふえる。さまざまな物音を聞いているのはたのしいものだ。ブロッホは映写場の前へいき、そこらに加わって並び、やがて場内へはいっていった。

映画のなかで誰かが銃で、ずっと遠くのキャンプファイヤーのそばにうしろ向きにすわっている男を撃った。何事も起らない。男はひっくり返りもせず、やはりすわったままで、誰が撃ったかを見ようともしない。しばらく時が経つ。やがてその男はゆっくり横に倒れ、ころがったまま身動きもしない。いつもこんな旧式の銃だ、と銃撃者が連れの者に言う――貫通力なんかありはせん。しかし事実は、あの男はすでにさっきキャンプファイヤーのほとりにすわったまま死んでいたのだ。

映画がすんで、ブロッホは二人の若者と車で国境へむけて出かけていった。石がひとつ車の腹を打った。後部座席にすわっていたブロッホはふたたび注意ぶかくなった。

たまたま給料日だったので、例の酒場には空いたテーブルはもう見当らなかった。彼はそこらになんとかすわる。女主人がやって来て、彼の肩に手をおいた。彼はそれと察して、同じテーブルにすわっている連中に火酒（シュナップス）をふるまった。

彼は支払いに、一枚の折りたたんだ紙幣をテーブルにおいた。彼のそばの誰かがその紙幣をひろげながら、この紙幣のなかにはまだもう一枚かくれているかも知れんぞ、と言う。ブロッホは――もしそうだったら？　と言って紙幣をふたたび折りたたむ。さっきの若者がその紙幣をひらき、その上に灰皿を押しやる。ブロッホはその灰皿に指を入れ、その若者の顔めがけて下から葉巻きの吸いさしを投げつける。誰かがうしろから彼の椅子を引いたので、彼はテーブルの下へすべり落ちた。

ブロッホは跳ね起きるや否や、椅子を引いた若者の胸倉を前腕でなぐった。その若者は壁に向って倒れ、息がつまって大きく呻く。二三人がブロッホの両腕を背中へねじあげ、ドアの外へ突き出す。彼は倒れはせず、よろけただけで、すぐまたかけ込んだ。

彼は、さっき彼の紙幣をひろげた若者になぐりかかる。彼はうしろから足蹴をくらい、若者ともつれてテーブルの方へ倒れる。倒れながらもブロッホは若者に激しく体当りする。

何者かが彼の両脚をつかみ、彼を引きはなす。ブロッホはその男の肋骨をけりつけ、身をもぎはなす。別の二三人がブロッホを捕えて曳きずり出す。路上で彼らは彼の腋の下に手を入れて、あっちこっちへ曳きまわす。税関所の前で彼らは彼を押えて立ち止まり、彼の頭を呼び鈴へ押しつけて、そして立ち去った。

税関吏が出て来てブロッホが立っているのを見ると、また中へひっ込んだ。ブロッホは若者たちのあとを追い、一人をうしろから押し倒す。他の者が彼に襲いかかる。ブロッホは身をかわし、一人の腹部へ頭突きをくらわす。酒場から二三人が追って来る。誰かが彼の頭にコートをかぶせる。彼はその男の向う脛を蹴ったが、二番目の男がたちまちコートの両袖を結びあわす。こうして彼らは彼をすばやくたたきのめし、そして酒場へひきあげた。

ブロッホはコートから抜け出して彼らのあとを追った。一人がふり返らずに立ち止まる。ブロッホが体当りしたが、その若者はサッと前へ踏み出したので、ブロッホは地面へつんのめる。

しばらくして彼は立ちあがり、酒場へはいっていった。彼が何か言おうとしたが、舌をうごかすと口のなかで血が泡だつ。彼はそこらのテーブルにすわり、何か飲み物をくれ、と指で合図する。テーブルの他の連中は彼のことなど知らん顔している。ウェイトレスがコップなしでビールを一本もってきた。彼は、テーブルの上をたくさんの小さな蠅があちこちあるいているのかと思ったが、それはただタバコの煙にすぎなかった。

彼はビール瓶を片手で持ちあげる力もなかったので、両手でそれにしがみつき、余り高く持ちあげなくていいように前かがみになる。彼の耳は実に敏感になっていたので、ひとときの間、かたわらでカードはテーブルの上へ落ちるのではなく、パチッと打ちつけられるのであり、カウンターではスポンジは流しへ落ちるのではなく、パシャッと音を立てるのであり、女主人の子供は素足に木のサンダルをひっかけて、店のなかをあるくのではなく、パタパタと店を通るのであり、ワインはワイングラスへそそがれるのではなく、ゴボゴボ音をたててつがれるのであり、そしてジュークボックスは演奏するのではなく、轟きわたるのであった。

彼はひとりの女がびっくりして叫び声をあげるのを聞いたが、酒場での女の叫びなど何の意味もない。だからこの女はびっくりしたから叫んだのでもなんでもない。それにもかかわらず、彼はその叫び声に驚いて立ち上った。ただ物音がしただけで、その女はあんなに鋭く叫んだのだった。

その他の細々(こまごま)した事柄も次第にその意味を失っていった……空(から)のビール瓶のなかの泡はタバコの箱と同様に――彼の横にいた若者がその箱の口を大きくひき裂いたので、彼は指の爪で一本抜き出すことができた――彼にとってさしたる意味はない。隙間のできた床の桟にやたらと突っ込んである燃えさしのマッチ棒も、彼にはもはや係わりはないし、窓枠のパテに残る爪跡も、それが彼と何かの関係があるとはもはや思えない。一切が今や彼を冷たく突き放し、一切はふたたびそれぞれの位置を守っている。まるで睦み合っているように、とブロッホは考えた。ジュークボックスの上にかかっている剥製の雷鳥をもとにして、何らかの結論をひき出す必要はもはやないし、部屋の天井に眠っている蝿もすでに何の暗示もしてはいなかった。

ひとりの若者が指で髪を掻きあげているのが見え、娘たちがダンスをするためにうしろに退るのが見え、若者たちが立ちあがって上衣のボタンをかけるのが見え、カードを混ぜるときの舌打ちするような音が聞える。だがしかし、もはやそんなことに滞っている必要はなかった。

ブロッホは疲れてきた。疲れがつのるにつれて、彼はすべてをいよいよ明瞭に認め、一を他と区別する。彼は、誰かが出ていくたびにいつもドアがあけ放しで、そのたびに誰かが立ちあがって閉めにいくのを見る。彼はじつに疲れていたので、彼は一つ一つの対象をそれだけとして見ているのだ。殊に輪廓を、あたかもすべての対象には輪廓しか存在しないかのように見ている。彼はすべてを媒介なしに見たり聞いたりするのであって、ひと頃のように、それを先ず言葉に翻訳する必要もなく、或はそもそもそれをただ言葉として、或は言葉のあそびとして捉える必要もない。彼は、すべてが彼にとって自然らしく思えるような状態におかれていた。

あとで女主人が彼のそばに来てすわった。彼が極く当然のことのように彼女に腕をまわしたので、彼女にはそれが少しも奇異には思えなかったらしい。彼はさりげなく二三枚のコインをジュークボックスに投げ入れ、すぐさま女主人と踊る。彼は、彼女が彼に何かを言うときは、きまって彼の名を言い添えるのに気づいた。

見ていると、ウェイトレスは一方の手で他方の手をつかんでいるが、もはやそれもどうという事はないし、厚手のカーテンにも、もはや何ら特別の意味はなく、だんだん多くの人が立ち去っていったからとて、それも当然のことだ。彼らが外に出て路上で放尿し、そしてあるき去っていくのも、安んじて聞いていられる。

店のなかはだんだん静かになり、それだけにジュークボックスのレコードも全く明瞭に演奏している。レコードとレコードの合間には声をひそめて話し、或はほとんど息をとめんばかりで、次のレコードがはじまるとホッとする。ブロッホには、これらの出来事を、まるで常に繰り返される事と同じに話すことができるように感じられた。これが日々の経過というものだ、と彼は考える。つまり絵葉書に書くような事柄である。《晩はビヤホールにすわってレコードを聴く。》彼はいよいよ疲れてきた。外ではりんごがあちこちの木からいくつも落ちた。

　彼のほかにはもう誰もいなくなると、女主人は台所へいった。ブロッホはすわったままで、レコードが終るのを待っている。彼はジュークボックスのスイッチを切ったので、今はただ台所にだけ灯がついている。女主人は机にすわって計算をしていた。ブロッホは彼女のそばに寄り、手にはビールのコップ敷きを持っている。彼が店から台所へはいって来たとき、彼女は顔をあげ、彼がそばに寄ってくるのを目で迎えた。彼は自分がコップ敷きを持っていることに気づくのが遅く、彼女の目に留まる前にすばやく隠そうとしたが、早くも女主人は、手のコップ敷きの方へ彼から目を移し、それをどうなさるの、入金のすんでいない勘定をわたしがそこに書いておいたみたいね、と言う。ブロッホはコップ敷きを放りすてて女主人のそばに、といってもてきぱきとではなく、一つの動作ごとにためらいながらすわった。彼女は計算をつづけ、そのかたわら彼と話し、やがて金を片づける。コップ敷きはうっかりして手に持っていただけで、別にそれに意味はないのだ、とブロッホが言った。

彼女は、いっしょに何かいただきましょう、と彼を招いた。木の盆を彼の前におく。ナイフがないよ、と彼が言ったが、実は彼女はナイフを盆とならべておいていたのだった。庭の洗濯物を取り入れなくちゃ、あいにく雨が降りだしたわ、と彼女が言う。降ってはいないよ、少し風が出たので、木から雨だれが落ちてるだけだよ、と彼は彼女を訂正する。だが彼女はもう外に出ていた。ドアをあけ放していったので、実際は雨が降っているのが見えた。彼女がもどってくるのが見え、シャツを落したよ、と彼女に呼びかけたが、実はそれは床をふく雑布（ぞうきん）で、すでに以前から入口のわきにおいてあったものだ。彼女はテーブルの上でローソクをともしたが、手にしたローソクを少し傾けていたので、蠟（ろう）が皿の上へしたたるのが見えた。気をつけなきゃあ、蠟がきれいな皿へ落ちてるよ、と彼が言う。しかしすでに彼女は、まだドロドロのあふれる蠟のなかへローソクを立て、それがひとり立ちするまでじっと押しつけていた。《ローソクを皿の上に立てるつもりとは知らなかった。》とブロッホが言う。彼女が、椅子のない所へうっかり腰をおろしそうにしたので、ブロッホが――《あぶない！》と叫んだが、実は彼女はただしゃがんで、さっき計算のとき机の下に落ちたコインを拾いあげただけだった。彼女が子供の様子を見に寝室へいったとき、彼はすぐさま、どうしたの、と尋ねたが、彼女がちょっとテーブルを離れても、どこへいくの、と彼女のうしろから呼びかけるのだった。

彼女は台所戸棚の上のラジオをつけた。ラジオから音楽がながれ、彼女があちこちあるく……それはたのしい眺めだった。或る映画だが、ラジオにスイッチを入れると、たちまち放送が中断されて、或る手配書が告知されるというのがあった。

テーブルについている間、彼らは互いに語り合った。ブロッホは、どうも自分は真剣なことが言えない性分じゃないか、という気がする。彼は冗談をとばすのだが、女主人は彼の言うことを一から十まで全く言葉どおりに受け取る。彼が、きみのブラウスはサッカーのユニフォームみたいな縞柄だね、と言い、更に次をつづけようとすると、彼女はたちまち、一体このブラウスお気に召さないの、これのどこがいけないとおっしゃるの、と彼に訊く。いやなに、冗談を言ってみただけなんだよ、むしろそのブラウスはきみの白い肌にとても良く似合いさえする、と誓っても、もう遅い。彼女はたたみかけて、一体わたしの肌はあなたには白すぎるの、と尋ねる。彼が冗談に、ここの台所は都会の台所とほとんど同じ設備だね、と言うと、なぜ〈ほとんど〉とおっしゃるの、一体都会の方たちは道具をもっときれいにしているのかしら、と訊く。ブロッホが地主の息子のことで冗談を言ったときですら〈彼はきっときみにプロポーズしたんだね〉彼女はそれを言葉どおりにとって、地主の息子さんは自由のきく身ではありません、と言う。そこで彼は、それは生まじめに言ったのではないことを、何かの喩えで説明しようとしたが、その喩えさえも言葉どおりに受け取ってしまう。《別にどうって意味じゃないんだよ。》とブロッホが言う。《でも、そうおっしゃるだけのわけがおありだったんでしょう。》と女主人は答える。ブロッホが笑った。女主人は、なぜわたしをお笑いになるの、と尋ねるのだった。

寝室のなかで子供が叫んだ。彼女ははいっていって子供をなだめる。もどってきたとき、ブロッホは立ちあがっていた。彼女は彼の前に立ち止まって、しばらく彼を見つめる。だが彼女はやがて自分自身のことを話しだす。彼女があまり真近かに立っていたので、彼は答えることができず、一歩さがる。彼女は追わないが、ハッとする。ブロッホは彼女を抱きたくなる。彼がようやく手を動かすと、彼女はわきへ目をやる。ブロッホは手をおろし、冗談だったようなふりをする。女主人はテーブルの反対側にすわり、更に話しつづけた。

彼は何か言おうとしたが、何が言いたいのか頭に浮ばない。彼は思い出そうとつとめる――何だったのか思い出せないが、なんでも嘔吐に係わるものだった。すると女主人の手の或る動きが、彼に何か別のことを思い出させた。またしてもそれが何であったか思い浮ばない。しかしそれはなんでも羞恥に係わるものだった。動作とか対象とかといった、彼の気にとめたものが彼に思い出させるのは、それと別の動作や対象ではなくて、感覚や感情なのである。しかもそれらの感情を、彼は過ぎ去ったもののように思い出すのではなく、彼はそれを現に在るもののようにふたたび体験するのである——つまり彼は羞恥や嘔吐を思い出すのではなく、現に思い出そうとする今、彼は羞恥し嘔吐するのであって、羞恥や嘔吐の対象が何であったかは彼の頭に浮んでこないのである。嘔吐と羞恥、ふたつが相伴うとじつに強力で、彼のからだ全体がむずかゆくなりはじめるのだった。

外で何か金属が窓ガラスを打った。彼の問いに対して女主人は、あれは避雷針の針金で、ゆるんでいるのです、と答えた。ブロッホは、すでにあの学校で避雷針なるものを観察していたから、今ここに繰り返されたことを、たちまち何か意図あるものと受け取った。ひきつづいて二度も避雷針に出会ったことは偶然ではあり得ない。総じて、すべてのものが彼には似ているように思われる。すべての対象がそれぞれ相互に思い出させる種(たね)になる。避雷針が繰り返し現われるとは、どういう意味なのか？　避雷針から何を読み取れというのか？　〈避雷針〉？　これは多分またしても言葉のあそびであるのか？　彼には何事も起り得ない、ということなのか？　それとも、彼は女主人にすべてを物語るべきだということが暗示されているのか？

また、あそこの木皿の上のビスケットは、なぜ魚の形をしているのか？　あれは何を当てこすっているのか？　彼に〈魚のごとく沈黙〉せよというのか？　これ以上話しつづけてはいけないのか？　木皿のビスケットは彼にその事を暗示していると いうのか？　彼はすべてをまのあたりに見ているのではなく、どこか知らぬが、制止規則を書いた掲示からでも読み取っている、というような感じなのであった。

たしかに、それは制止規則であった。水道栓にかぶせてある食器洗いの布切れは彼に何かを命じている。いつの間にかその他はきれいに片づいたテーブルに残っているビール瓶の王冠も、彼に何事かをせよと促している。これは習い性になっているのだが――何をせよ、何はすべからず、といった要請を、彼はいたる所に見るのである。すべては彼に対してあらかじめ定式化されていて、薬味焙烙(ほうろく)のある戸棚であれ、煮つめたばかりのママレードの瓶のある戸棚であれ、そうなのだ……それは繰り返されるのだ。ブロッホは、自分がすでにしばらく前から、もはや自分自身と語り合っていないことに気づいた――女主人は流し台のそばに立って、敷き皿からパン屑をあつめている。あなたのあとは、何もかも片づけて廻らねばならないのねえ、食事道具を出したら引き出しなんか閉めないし、読みさしの本はひらきっ放し、上着をぬいだら、そこらに抛りっ放しです、と彼女が言った。

ブロッホは、たしかにぼくは、自分はすべてを抛りっ放しにしているにちがいない、という気がしている。ほんのちょっとした事で、ぼくは例えばこの手のなかの灰皿を放り出す。灰皿がまだぼくの手のなかにあるのが自分でもふしぎだ、と答えた。彼は立ちあがっていたが、その際灰皿を目の前に突き出している。女主人は彼をじっと見ている。彼はひととき灰皿に目をそそぎ、やがてわきにおいた。周囲の、繰り返される暗示に先手を打とうとするかのように、ブロッホは自分の言ったことを繰り返した。彼はひどく心もとないので、それをもう一度繰り返すのだ。彼が見ていると、女主人は流し台の上で腕を振りうごかしている。りんごがひと切れ袖のなかにはいって、出てこないの、と彼女が言う。出てこないの？　ブロッホも彼女のまねをして、同じように袖をパタパタ振る。彼は、もし自分がすべてをまねしたら、どこか風の当らぬ蔭にでも立っていられるかも知れぬ、というような気がした。しかしすぐ彼女に奇異な感じを与え、彼女は、彼が自分をまねている様子を彼にしてみせた。

折りから彼女は、パイの箱がのせてある冷蔵庫の近くへ来合わせた。ブロッホが見ていると、彼女はまだ彼のまねをしながら、うしろからそのパイ箱にさわった。彼が彼女の方をいかにも注意ぶかく見ているので、彼女はもう一度肘でうしろへ突いた。菓子箱はずるずる滑って、冷蔵庫の丸味のある縁の上でゆらゆら傾く。ブロッホは箱を途中で捕えればできたが、しかし彼は、それが床に落ちて当たるまでそのまま見すごした。

女主人が箱を取ろうと体をまげている間、彼はあっちへこっちへとあるき、いく先きざきで立ち止まっては、椅子、炉の上の点火器、調理台の上のゆで卵コップなど、そこらの物を隅へ押しやる。《万事ちゃんとしているのかい？》と彼が訊く。彼は、自分が彼女から訊いてもらいたいことを彼女に訊いたのである。しかし彼女が答えるよりはやく、外から窓ガラスをたたく音がした。それは避雷針の針金などがガラスを打つものとは思えない。ブロッホはすでにその音を一瞬はやく知っていた。

女主人は窓をひらいた。外には税関吏が立っていて、町へ帰るのに傘を借してくれと言う。ブロッホは、ぼくもすぐいっしょにいけます、と言って、女主人から傘を――それはドア枠の作業ずぼんの下に掛けてあった――借り受けた。彼は、傘はあす返しに来ると約束する。彼がそれを返しに来なかったという点だけで言えば、そこに支障が起ったわけではないのである。

道路に出て彼は傘をひらいた。雨がたちまち激しい音をたてたので、彼女が何か答えたのかどうか彼には聞えない。税関吏は家壁ぞいに傘の下へかけ込んできて、こうして二人は立ち去った。

数歩あるくと、酒場では灯が消され、真暗になった。じつに暗くて、ブロッホは自分の目の前に手をかざしてみた。折りから通りがかった堀の向うで鶏のクックッというのが聞えた。何か彼のそばをかけ抜けたものがある。道端の木の葉がさらさら鳴った。《今、俺はあやうくはりねずみを踏みつぶすところだったよ！》と税関吏が叫んだ。

ブロッホが、暗闇のなかで一体どうしてはりねずみが見えたんですか、と尋ねた。税関吏が答える――《それは俺の領分さ。ちょっとした動作を見たり、物音を聞いただけで、その動作や物音を発している対象を識別できねばならん。網膜のいちばんの外縁で動いている対象でも識別せねばならん。そればかりか、その色を確かめることさえできねばならんのだ。もっとも、色というものはそもそも網膜の中心部でなくては完全には見えんものだがね。》かれこれするうちに彼らは国境に沿った家並みをあとにして、小川とならんだ近道をあるいていた。この道は砂が撒いてあるので、ブロッホが闇に慣れるにつれて、さっきより明るくなった。

《たしかに、我々はここでは相当に暇だ。》と税関吏が言った。《国境に地雷が敷設されて以来、密輪は跡を絶った。だから緊張状態がゆるみ、みんなは疲れて、もはや気持をひき締めることができん。だから一旦緩急あらばとうてい対応できはせん。》

ブロッホは何かが自分めがけてかけてくるのが見え、税関吏のうしろに廻る。一匹の犬が彼のかたわらを走り抜け、彼を掠めていった。

《だから曲者があらわれても、いかにして捕えるべきか、さっぱり分らん。そもそも量見がまちがっているのだ。よし正しいとしても、隣りの同僚が代って取り抑えてくれるものと当てにする。ところがこの同僚たるや、そっちが取り抑えてくれるものと頼りにしとる……かくて敵は雲を霞と逃げ失せるのだ。》逃げ失せる？ブロッホは、税関吏が同じ傘の下の自分のわきで、深い息をするのを聞いた。

　彼のうしろで砂が鳴った。ふり向くと、さっきの犬がひき返してくるのが見えた。二人は歩きつづけ、犬もついて来て、彼のひかがみを嗅ぐ。ブロッホは立ち止まり、小川のほとりのはしばみの枝を折り取って、犬を追い払った。

《互いににらみ合いになったら》と税関吏はつづける《相手の目を見すえるのが肝腎だ。相手がずらかる前には、その目は逃げる方向を暗示するものだ。だが同時に相手の足も観察せねばならん。いずれの足で立っとるか？　軸足の示す方向へ逃げるつもりだろう。だがごまかしてその方向へ逃げぬ場合でも、逃げる直前軸足を踏み変えねばならんから、それだけ時間をロスする。だからその隙に襲いかかるという寸法だ。》

　ブロッホは小川の方を見おろした。瀬音は聞えるが川は見えない。繁みから不恰好(こう)な鳥が一羽飛び立った。板塀のなかで鶏どもが足掻(あが)き、くちばしで内側から板をつつく音がした。

《元来きまりというものはない》と税関吏が言う《敵も同じくこっちを観察し、こっちがどう出て来るかを見ているのだから、なんといっても常にこっちの立場が不利だ。常に反応するしかできんのだ。走りだしたとしても、その直後たちまち方向転換するかも知れず、こっちの方が誤った軸足に立っていたことになるのだ。》

かれこれするうちに、彼らはふたたびアスファルト道路に出て、町の入口に近づいた。所々で、ぬかるんだおが屑を踏んだが、それは雨の降る前に道路の上にまで吹き寄せられていたのだ。ブロッホは、この税関吏が、一つの文章でも片づくような事を、こんなにくだくだしく喋(しゃべ)るのは、言外に何かを言いたいからだろうか、と自問した。〈あいつはそらんじて喋っていたんだ！〉とブロッホは考えた。彼は彼なりの試みとして、いつもならたった一つの文章ですむ事をながながと話しはじめてみた。しかし税関吏はそれを全く当然のこととみなし、それで何を言いたいのか、とは尋ねてこない。してみると税関吏がさっき言っていた事は、全く言葉どおりの意味だったと思われる。

すでに町のなかにもどって、或るダンス講習会のメンバーに出会った。〈ダンス講習会〉とは？　またしてもこの言葉は何をほのめかしているのか？　ひとりの娘はすれ違うとき、〈ハンドバッグ〉のなかを何か探していたし、もう一人は〈胴（シャフト）〉のながいブーツをはいていた。あれは何かの略語だったのか？　背後でハンドバッグをパチンと閉める音が聞え、彼はそれへの応答として、あやうく傘をたたむところであった。

彼は傘をもって、税関吏を町はずれの役所まで送った。《今まで俺は部屋を借りているだけなんだが、自宅を得るための節約だ。》と税関吏はすでに階段の所に立って言った。ブロッホも同じくなかにはいっていた。いっしょに来て火酒（シュナップス）でも一杯やらんか？ブロッホは断ったが、そのまま立っていた。税関吏がまだ階段を昇っているうちに、明かりがまた消えた。ブロッホは下の郵便受けの箱にもたれる。空をかなりの高度で飛行機が一機飛んでいく。《郵便機だ！》と税関吏が闇のなかから下に向ってどなり、そして明かりのボタンを押した。それが階段部に反響する。ブロッホはすばやく外へ出ていった。

ホテルで聞いたのだが、多人数の旅行団が到着し、九柱戯場（ケーゲルバーン）に簡易ベッドを仕立てて収容することになり、それで今日はホテルは閑散だ、との事である。ブロッホはこの情報を知らせてくれた娘（メイド）に、いっしょに階上へ来ないかと訊いた。彼女は、今日はだめなの、と真顔で答える。その後、彼は部屋のなかから、彼女が外の廊下をやって来て、彼の部屋のドアの前を小走りに通りすぎる足音を聞いた。部屋のなかは雨のせいでひどく冷たく、いたる所に濡れたのこ屑が撒きちらされているような気がする。彼は雨傘を尖った方を先きにして洗面台におき、着のみ着のままでベッドへ横になった。

ブロッホは眠くなってきた。彼は眠気をばかばかしいものに思わせるようなけだるい動作を二つ三つやってみたが、そのため却ってなお眠くなった。今日の昼間、自分が口にしたいくつかの事がふたたび頭に浮ぶ。息を吐き出してそれを追い払おうと試みる。やがて、自分が寝入っていくのを感じる。文章の段落の前みたいだナ、と彼は考えた。

雉(きじ)が銃火のなかを飛び立ち、勢子(せこ)がとうもろこし畑に沿って進む。するとボーイが控え室のなかに立っていて、チョークで彼の鞄に部屋番号を書き、葉の落ちたいばらの繁みには、燕と蝸牛(かたつむり)がいっぱいだった。

彼はだんだん目がさめてきて、誰かが隣室で声を出して呼吸していることや、この呼吸のリズムによって、夢うつつの彼の頭に、いくつかの文章がつくられていくことに気づいた。呼気は、ながくひきのばした〈ウーント〉に聞え、また吸気のながい音が、やがて彼の頭のなかでいくつかの文章へと変っていき、そしてこれらの文章は呼気と吸気との間の間合(まあ)いに応じた横線(タッシュ)の終るごとに〈ウーント〉に結びつくのだった。兵士たちが先きの尖った外出靴をはいて映画館の前に立っている。そしてマッチ箱がタバコの箱の上におかれ、テレビの上に花瓶があり、砂利トラックがバスの横を砂塵をあげて走り抜け、そしてひとりのヒッチハイカーがもう一方の手にひと房(ふさ)のぶどうを握っている。ドアの前で誰かが言った——《アウフマッヘ・ン・ビッテ！》

《アウフマッヘン・ビッテ！》この最後の二語は、隣室の呼吸とは全然一致しない。その呼吸も今はいよいよはっきりして来たのに、文章の方はだんだん出て来なくなった。彼はやっとすっかり目がさめた。また誰かがドアをノックして言う——《アウフマッヘン・ビッテ（どうぞあけて）！》彼は雨がやんだ気配で目がさめたのに違いなかった。

彼はすばやく身を起した。ベッドのバネがひとつ、元の位置へ跳ね返る。ドアの前には娘（メイド）が朝食の盆をもって立っていた。ぼくは朝食は頼まなかったよ、と彼はやっとそれだけ言うかいわぬかに、彼女は早々に詫（わ）びを言って、向いのドアをノックした。

ふたたび部屋にひとりになり、彼はすべてのものの位置が変っているのを発見した。水道栓をあける。とたんに一匹の蝿が鏡から洗面台のなかへ落ち、すぐ洗いながされた。彼はベッドに腰をかける——たしかさっき、椅子は彼の右手にあったのに、今は彼の左手にある。情景が左右逆になったのかナ？　彼は左から右へ、次に右から左へとながめわたす。視線を左から右へと繰り返す。この視線は彼には読み取りと同じことのように感じられた。彼は見た——ひとつの〈衣装戸棚〉、〈次に〉

〈ひとつの〉〈小さな〉〈机〉、〈次に〉〈ひとつの〉〈屑籠〉、〈次に〉〈ひとつの〉〈壁カーテン〉。これと反対に右から左への視線の場合には、彼は見た――ひとつの、その隣りに、その下に、その隣りに、その上に彼の。そしてぐるりを見まわすと、彼は見た――、その隣りにと。彼はの上にすわっており、その下に一本のがあり、その隣りにひとつの。彼はへゆき――――

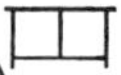

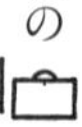

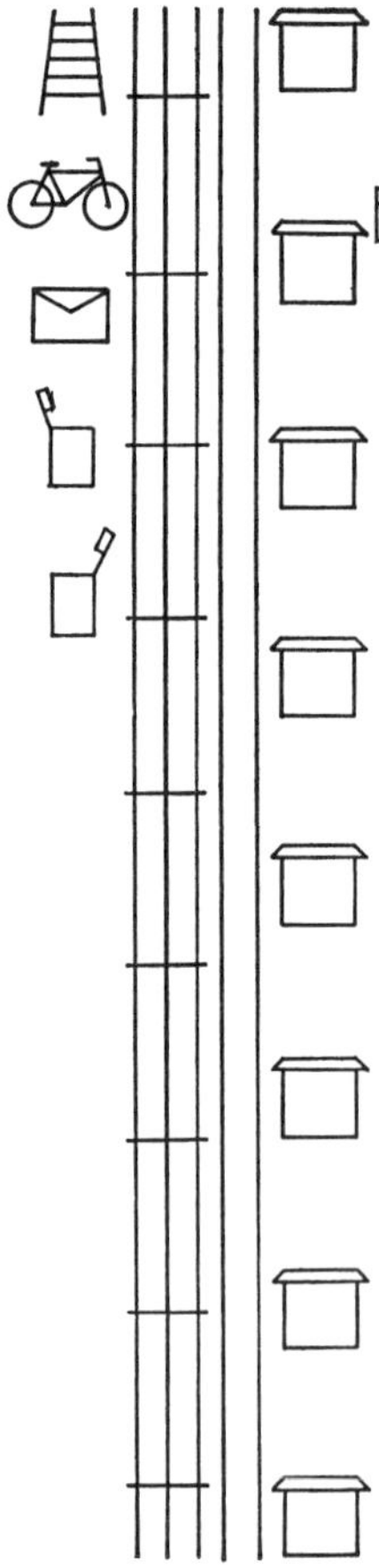

ブロッホは窓の両側のカーテンを閉めて、部屋を出ていった。

階下の食堂は例の旅行団で占められていた。主人に促されてブロッホが隣室にいってみると、そこには主人の母親がカーテンをした窓の前にすわっている。主人はカーテンをひきあげ、ブロッホのそばへ来た。はじめは主人が自分の左手に立っていると見たが、次にふたたび顔をあげると、逆になっている。ブロッホは朝食をたのみ、新聞を求めた。主人は、あいにく新聞は旅行団の人々が読んでいます、と答える。ブロッホは指で自分の顔にさわってみる。頬が無感覚になっているみたいだ。冷たい。蠅がバカにのろのろと床の上を這っているので、はじめ甲虫かと思った。窓框から一匹の蜜蜂が飛びたち、すぐ元へ落ちる。戸外の人々は水溜りの間をピョンピョン跳んでいる。みんなずんぐりした買物袋をさげている。ブロッホは自分の顔いたる所にさわってみた。

　主人が盆をもってはいってきて、新聞はまだあいていません、と言った。ひどく低い声なので、ブロッホも答えるとき、やはり低い声で話す。《急ぎはしないよ。》と彼はささやいた。テレビの前面ガラスが今は昼の光線をうけて埃っぽく、そこには学童らが通りがかりにのぞき込んでいる窓が映っている。ブロッホは食事しながらテレビに耳を傾ける。主人の母親がときどき呻いた。

　外を見ると、新聞でふくらんだ袋をぶらさげた新聞スタンドがある。彼は出ていって、先ずコインを一枚、袋のわきの投入口へ入れ、それから新聞を一部抜き取る。新聞をひらくことには大いに熟練しているから、ホテルへはいりながらでも、ちゃんと自分に関する記事を読む。彼はバスのなかで、ひとりの女の注意をひいていたのだ。それは彼がコインをポケットから落したからで、彼女がそれをひろおうと腰をまげたところ、それがアメリカのコインであることを見たのだ。あとになって彼女は、死んだキップ売り娘のそばにもそんなコインが発見されたのだ、ということを聞いた。はじめ彼女の申し立てはまじめに受け取られなかったが、やがて彼女の供述がキップ売り娘の知人——この人は犯行の前晩、キップ売り娘を車で迎えにいったとき、映画館の近くでひとりの男を見かけている——の供述と一致することが判明した。

ブロッホはふたたび隣室にいってすわり、あの女の申し立てによって描かれた自分の似顔写真をしげしげと見た。これは彼の名がまだ分っていないという意味か？この新聞はいつ印刷されたのかナ？　見るとこれは第一版であり、すでに前日の夕方に出るのが普通だ。見出しと似顔写真は、紙上に貼りつけたもののような気がする。映画のなかの新聞みたいだ、と彼は思う——映画では実際の大見出しも、映画にふさわしい大見出しに代えられる。或は歓楽地で自分のことを印刷してもらえる新聞の大見出しみたいでもある。

欄外に書かれた金釘流の文字は〈Ｓｔｕｍｍ（シュトゥム）〉（ここは人の名であるが、形容詞として沈黙せる・口の利けないの意あり）という言葉、しかも大文字ではじまっていると判読される。だからこれはどうしても固有名詞としなければならない。シュトゥムと名乗る人物が事件と関係があるのか？　ふとブロッホは、かつてキップ売り娘と、自分の友人でサッカー選手のシュトゥムについて話したことがあるのを思い出した。

娘（メイド）が食卓を片づけるときも、ブロッホは新聞をたたまなかった。彼は、例のジプシーが釈放され、言語障害の学童の死は事故死であった、ということを聞いた。この子供について、新聞にはクラス写真しか出なかった。単身で撮影したものがなかったのだ。

主人の母親が、背をもたせていたクッションを安楽椅子から床の上に落した。ブロッホはそれをひろいあげ、新聞をもって出ていった。彼は例の酒場の案内パンフレットがカード遊びのテーブルの上においてあるのを見た。いつの間にか旅行団は出発していた。新聞は——それは週末版だった——とても部厚くて新聞掛けにかからなかった。

一台の自動車が彼のそばを通ったとき、無意味ながら——なぜなら真ッ昼間だから——その車がヘッドライトを消して走っているのを彼は不審に思った。格別の出来事はなかった。あちこちの果樹園でりんごを入れた箱を袋へあけているのをながめた。彼を追い越した自転車がぬかるみでゆらゆらとスリップした。二人の農犬が店先きで互いに握手を交しているのが見える。その手はよほど乾いているとみえ、カサカサという音が聞えた。トラクターの車輪についた粘土の跡が畑道からアスファルト道路の上にまでつづいている。ひとりの老婆が指を一本唇に当て、背をまげてショーウィンドウの前に立っているのが見える。各商店の前の駐車場はさっきより一層がらんとしてきた。まだ訪れてくる買物客は裏の入口を通る。〈泡が〉〈玄関口の段々を〉〈下へ〉〈流れた〉。〈羽根ぶとんが〉〈窓ガラスの〉〈うしろに〉〈おいてあった〉。値段を書いた黒板があっちこっちの店でしまい込まれた。〈鶏が〉〈こぼれたぶどうを〉〈ついばんだ〉。七面鳥が果樹園の金網籠の上にずんぐりとしゃがんでいる。実習の女店員たちが戸口から出てきて、両手を腰骨に当てる。薄暗い店のなかで、商人が秤（はかり）のうしろに全くひっそりと立っている。〈売り台の上に〉〈酵母の塊りが〉〈おいてあった〉。

　ブロッホはとある家壁のほとりに立っていた。彼の横で、扉を寄せかけただけの窓があけられたとき、一種独特な音がした。彼はすぐさま立ち去った。

　彼は一軒の建築中の家の前に立った。そこにはまだ人は住んでいないが、窓ガラスはもうはまっている。各部屋はいかにもガランとしていて、どの窓からも向うの景色を見ることができる。ブロッホは、自分がこの家を建てたような気がしてきた。彼自身がコンセントを取りつけ、窓ガラスさえはめたのだ。窓框（かまち）の上の鑿（のみ）や軽食の包み紙やフォーク立ても、もともと彼のものだ。

　彼は二度目にながめてみる――いや、スイッチはやはりスイッチであり、この家のうしろの自然庭園においてある庭椅子はやはり庭椅子である。

　彼は先きへあるいていった、というのは……

彼は先きへあるいていくことを理由づけなければならなかったのか……のために？

彼は何を目的としていたのか　もし……なら？　この〈もし〉を理由づけなければならなかったのか……することによって？　事はそれほど進行していたのか……するほどまで？　彼はすでにそこまで進んでいたのか……するほどに？

彼がここをあるいているという事から、なぜ何かが結論づけられねばならないのか？　なぜここに立ち止まるかを、彼は理由づけなければならないのか？　彼がプールのほとりをあるいているとき、なぜ彼は何かを目的としなければならないのか？

これらの〈……するほどに〉〈というのは〉そして〈……のために〉などはいわば命令のようなものである。彼はそれらを避けようと決心した、それらを……しないために。

なんだか彼の横で、寄せかけてあった鎧戸（よろいど）がしずかに開かれたかのような感じだった。すべての考えうるもの、すべての目に見えるものが、満たされたのだ。彼をびっくりさせたのは、ひとつの叫び声ではなくて、一連の通常文章の終りにある、逆立ちしているひとつの文章（副文章）である。彼にとっては、すべてのものが再洗礼を施されたかのように思われた。

各商店はすでに閉っていた。もはや誰ひとりその前を往き来するものもない商品棚には、商品が満ちあふれているように見える。少くとも罐詰の山ぐらいが見当らないような場所はない。レジスターから、半分ちぎれたレシートがまだぶら下っている。各商店は棚卸(たなおろ)しだったので……。

《各商店は棚卸しだったので、もはや何ひとつ客に見せることはできなかった、というのは……》《各商店は棚卸しだったので、もはや何ひとつ客に見せることはできなかった、というのは、個々の商品が互いに隠し合っていたから。》各駐車場には、いつの間にか、わずかに実習の女店員たちの自転車しかおいてなかった。

昼食のあとで、ブロッホは競技場へ出かけていった。はやくも遠くから見物人の歓声が聞える。到着してみると、まだ前座試合で、二軍チームがやっていた。彼はグランドの長い方の側にあるベンチの腰をおろし、新聞を週末付録までも丹念に読む。まるでひと切れの肉が石畳みの上に落ちたとでもいうような音が聞えた。彼が目をあげると、それは重い濡れたボールを一人の選手がヘッディングしたところだった。

彼は立ちあがって、席をあける。ひき返したときには、もう本試合がはじまっていた。ベンチはどこも満員で、彼はグランドに沿ってゴールのうしろへいく。ゴールのすぐ真うしろに立ち止まろうとしたのではなく、斜面を通路の方へのぼっていった。通路ぞいにコーナーフラッグの所までゆく。上衣のボタンがひとつちぎれて、通路へ飛んでいったような気がする。彼はボタンをひろいあげ、ポケットへ入れた。

彼は隣りに立っている人と語り合った。あそこでプレイしているのはどこのチームなのかと訊き、勝敗表で何位の位置かを尋ねる。こんな向い風だから、ボールは余り高くあげない方がいいですね、とブロッホが言った。

彼は、隣りの男の靴には留め金がついているのに気づいた。《私もよく知りません。》と、その男が答える。《私は外交員でして、ほんの二三日この地方に滞在して

いるだけなんです。》

《選手たちは余り怒鳴りすぎますねえ。》と、ブロッホが言った。《いい試合というものは、全く静かに進行するものですよ。》

《それにグランドの縁から、どう動くべきかを彼らに呼びかけるコーチがいないじゃありませんか。》と外交員が答える。ブロッホは、まるで二人が互いに誰か第三者のために話し合っているような気がした。

《こんな狭いグランドでは、作戦にすばやい決断が必要ですね。》と彼が言った。ボールがゴールポストに跳ね返るようなパシッという音が聞えた。ブロッホは、むかし自分は全プレーヤーが裸足というチームと試合したことがありますがね、彼らがボールを蹴るたびに、パシッという音がこっちの骨の髄までこたえたものです、と話した。

《スタジアムで、いつでしたか一人が脚を折ったのを見たことがありますが》と外交員が言った。《ペキッという音が、いちばんうしろの立見席まで聞えました。》

ブロッホは自分の横で他の見物人たちが互いに話し合っているのを見ていた。彼が注目していたのは、いま喋(しゃべ)っている人ではなく、そのときどきに耳を傾けている方の人だった。彼は外交員に、あなたは今までに、或る攻撃の最初から、フォワード（前衛）にではなく、ゴールキーパーに——彼のゴールめがけてフォワードがボールと共に殺到してくる——そのゴールキーパーに注目しようとしたことがありますか、と訊(き)いた。

《フォワードやボールから目をそらせて、キーパーに注目するのはたいへんむつかしいものです。》とブロッホが言った。《ボールから目を離さねばならぬ、これは全くもって不自然なことですよ。》ボールではなしにキーパーを見るんですよ、両手を腿(もも)におき、前に進み、うしろに退き、左右に身をまげ、そしてフルバック（後衛）に叫びかけるのを見るんですよ。《普通は、ボールがすでにゴールめがけてキックされてからやっとキーパーに気づくんですがね。》

彼らはいっしょにサイドラインに沿ってあるいた。ブロッホは、線審(ラインズマン)が彼らの横を走り抜けるかのような喘(あえ)ぎを聞いた。《あんなに、ゴールキーパーがボールが来ないのに、しかしボールを予期して、あっちこっちへ走るのを見ているのは、滑稽な眺めですね。》と彼が言った。

外交員は答えて、ながくは注目しておれませんね、思わず知らず、どうしてもすぐ目はフォワードにもどりますよ。キーパーに目を注いでいると、なんだかわき見をせずにはおれない気になります。誰かがドアの方へいくのを見て、その場合その人ではなしにドアの取っ手に注目するのに似てますね。頭が痛くなって、もうまともに呼吸もできません、と言った。

《それには慣れですよ、でもそれはばかばかしいですね。》とブロッホが言った。

ペナルティキックが宣せられた。すべての見物人がゴールのうしろへ走る。《ゴールキーパーは、敵がどっちのコーナーへキックするだろうかを考慮します。》とブロッホが言った。《もしキーパーが、キックする男を知っていれば、相手が大体どっちのコーナーをえらぶか分ります。場合によっては、ペナルティキックをする方も、ゴールキーパーがそう考えていることを計算に入れます。ですからゴールキーパーは、今日はボールがひょっとすると他のコーナーに来ることを、更に考慮します。しかしキックをする方がやはりゴールキーパーと同じに考え、やはりいつも

のコーナーへキックするとしたら、どうなるでしょう？　等々、限りがありません。》

ブロッホは、全選手がだんだんペナルティ・エリヤから外に出るのを見た。ペナルティ・キッカーはボールの位置を定める。やがて彼もペナルティ・エリヤからうしろへさがる。

《キッカーが助走をはじめると、思わず知らずゴールキーパーは、ボールが蹴られる直前に、自分の体を投げかけようとする方向を、すでに体で暗示します。ですからキッカーは落ちついて別の方向へ蹴ることができるのです。》とブロッホが言った。《同様に、ゴールキーパーの方も麦わら一本でドアをあけるようなことを試みるかも知れません。》

キッカーが突然助走をはじめた。どぎつい黄色のジャケツを着たゴールキーパーは、全く動かずに突っ立っている。そしてペナルティ・キッカーはボールをゴールキーパーの両手のなかへ蹴り込んだ。

解説

「この小説は最近十年間にドイツ語で書かれた最も魅惑的なものである。」

（K・H・ボーラー一九七〇・三　フランクフルト一般新聞）

☆

ドイツの文芸季刊誌「原文（テクスト）＋批評（クリティク）」の二四号（一九六九・一〇）は新進作家ペーター・ハントケを特集している。この特集号の発行は今回ここに翻訳した《不安――ペナルティキックを受けるゴールキーパーの……》の出版直前の時期に当り、この号にはそれのほんの一部分が見本刷りとして採録されている。

作者ハントケはその際、同誌の編集部にあてて短いコメントを寄せているのであるが、それはこの作品についての作者の意図をまことに簡明につたえているので、その全文を掲げておきたい。

☆

……原理はこういうことだったのです——或る人が認知するさまざまな対象が、或る事件（ここでは殺人ですが）の結果として、彼にとってどのようにして次第に言語化されていくか、そしてまた、いろいろな形象（ビルト）が言語化されていくにつれて、対象がどのようにして「命令」となったり「禁止」となっていくか、それを示すこと……これだったのです。

「初期の精神分裂症」に関する一論文からの事例ですが——或る「精神分裂症患者」が一片のチーズがガラスの鐘形カバーの底にあるのを見る（一つの形象）そし

てこのチーズから水滴が出ている（一つの形象）――さてしかし、患者はこれらの形象を見るにとどまらず、ただちに「言語への形象の翻訳」をも認知するのです。――つまり「あのチーズは汗をかいている。」

そこで、何かを見る彼は汗をかくべきなのであり、その事がそれによって彼に暗示されるのです（規範(ノルム)）。すなわち、彼は更に努力し更に精神を集中し、更に活動すべきなのです。ですから、患者は対象を「自分への暗示」として、「言葉の遊び」として、つまり比喩的に認知するわけです。

これがこの小説の原理なのです。むろんこのような手続きが、精神分裂症患者（そういうものが存在するとすればですが）へではなしに、「尋常(ノルマール)」な主人公・サッカーのゴールキーパーへ適用されるということなのです。

対象を規範としてみる、このような経過は、決して病的なものとして無害化されるべきものではなく、世の常のものとして示さるべきものと思います。たとえば民法々典（Das Bürgerliche Gesetzbuch）はBGBではじまるのではなく、いろいろな対象から、すなわち――§1は「家」である、§2は「道路」である等々……からはじまるということなのです。これは決して命題(テーゼ)ではなく、一つの出来事(ゲシヒテ)に対するひとつのモデルにすぎません。ひとはこのままで、中途半端に緊張させるような出来事を物語ることができるでしょうか？

（事実戯曲《カスパール》のなかで問題としているのは、決して一つの命題、たとえば言語が人物のうえに支配力を発揮するというような一命題なのではなく、ひとはこのままで演技することができるか？　という、ひとつの戯曲に対する演技モデルを問題にしているのと同じことなのです。）

個別的には、つまりそれぞれの文章のなかでは、フローベールの原理が考慮されています。すなわち、出来事の進行を方向づけているのは、第2の文章において何が起りうるか、ではなく、第1の文章のあとで第2の文章はどのような文章でなければならないか、ということです。そこでたとえば、一つの結果文章が次に来なければならない。そしてこの結果文章のあとでは一つの関係文章が、この関係文章のあとでは、必然的に一つの目的文章が来なければならない。こういうようにして出来事が起るのです。とはいうものの、ひとは読みながら常にこの原理を銘記しているというものではなく、ひとはそれに気づき、それがいかに作られるかを心に留めるのではありますが、しかし常に物語りを追っていくのです。もし、常に作り方のみを見るとすれば、それはまことに愚にもつかぬ実験文学となりましょう。

事実、映画監督のフランソワ・トリュフオがその映画のなかで同じようなやり方をしています。彼の映画は全く作為的ではありますが、もはやそれを決して強制的とは気づかぬほどにきびしく作為的なのです。それにもかかわらず、それは一面において、「人生から取り来った」「本当の」「手固い出来事」であり、しかも他面において、そうではないのです。

☆

作者ペーター・ハントケは一九四二年、オーストリア・ケルンテン州・グリフェンにうまれ、大学では法律をまなび、現在はドイツに移り住んでいる、という。

彼が一九六六年六月、プリンストンで、或る日の「睡気をもよおす午後」「グルッペ47」の集会にデビューして以来、それはまことに瞠目すべき登場ぶりであったというが、それ以来ジャーナリズムばかりでなくひろく文化界が示した彼の出現への反応は、じつにすさまじく、一評者はExplosionという言葉をつかっているのを見ても、およその見当はつくであろう。前記の季刊誌に収録されている彼及び彼の作品にかかわる関係書誌も五〇〇件を越え、しかもそれは全体の約1/3にすぎないという。その反響はドイツ語圏にとどまらず、たちまち国境を越えて、ソ連、フランス、オランダ、アメリカ、イタリー、スエーデンでいちはやく翻訳され……かつてのギュンター・グラス（Günter Grass）の場合をもふくめて、他のいかなる作家もこれほど短期間にこれほどの風雲を呼んだ、まさに「事件」はなかったであろう。処女小説《すずめ蜂》（一九六六年）のあの単調な叙述が読書界へ与えた衝撃、詩集《内界の外界の内界》のたちまち重ねた版数はブレヒトの場合をも凌駕するという異常さ、なにしろ話題の多い「文学現象」ではある。

ペーター・ハントケ——彼は詩、小説、散文、戯曲、ラジオドラマ、論文を書く、いや書くばかりではなく、彼はそれの演技者であり、朗読者であり、のみならず彼は教師、理論家、法律評論家、文章論と意味論の研究家であり、更にまだ何かであるだろう。

手入れのゆきとどいた長髪、二十代の娘かとも見紛うやわらかな顔……しかも「古ぼけたお偉方に対する消し難い怒りをこめて……」「ビートルズのような美しいたてがみを振り立てて……」何かを誰かを拒絶し罵倒する、はげしくも颯々たる風雲児のデビュー……それが《観客への罵倒》という演劇であった。因習的演劇の因習的鑑賞に埋没している観客への罵倒であり、演技者への告発であり、彼の目には呪物崇拝とみえるもの、エスタブリシュメントと名づけられる一切を、彼は攻撃する。

おそらく彼はみずからの眼前に見いだすものを拒否し拒絶するときのみ、仕事への刺戟をおぼえるのであるらしい。或は「拒絶」そのものを刺戟としているのかも知れない。その拒絶的態度の表明として《観客への罵倒》から《カスパール》を経て《内界の外界の内界》に至るまで「……であるかのように、ではなく」を唯一の方法としているかのようであり、誰からも、また何からも指示を受けることなしに文学する可能性の模索こそ、彼が焦立ちもとめているものなのであろう。

「ぼくは文学において、もはや出来事(ゲシヒチ)には堪えられない……いかにそれが色彩にとみ、空想にみちていようとも。」

「ベケットもブレヒトもぼくには関係ない。ブレヒト流の脱イリュージョンは、イリュージョンを脱するために常にイリュージョンを必要としているのであり、ぼくにはやはりいんちきとしか思えず、ここにもフィクションのある現実が手品で操り出されたにすぎない。」

彼は、いわゆるリアリズム文学の根底にあるフィクションの方法を手垢に汚れた使い古されたものとみなすのである。リアリズム文学や伝統演劇に反抗し、寓話、フィクション、イマジネーションを拒否するとき、彼の依拠するものは言葉であり、たとえばカスパールの運命は言葉をまなぶ人としての運命であり、彼は世界へ語りかけることによって世界を経験するのである。

彼はさし当り「文章」において拒絶の戦いをつづけているようだ。病める文章、死産したような文章を拒み、「文章の健康」をもって「伝染病に感染している文章」

の治癒をこころみ、その「文章治療」は臨床医に似たエートスを思わせる……つまり彼は文章をあたかも患者のように取り扱い、それぞれの文章をそれ自身として受け留め、来歴や過去を問わぬのである。重要なのは文章を文章として論議することであって、文章の意味するところが嘘なのではなく、文章が嘘なのである。彼にとって重要なのは、特定の内容、方法、プログラム、或は個々の作者や作品を拒絶したり或は承認したりすることではなく、命令、禁止、範例、単なる歴史的因果関係を忌避することであり、彼はあくまでも自己において「自由なる手」の保証をもとめて止まないのである。

☆

いずれにせよペーター・ハントケは、詩や小説や演劇が埋没している半世紀の塵を払い落して、そこに蓄積された経験と認識を風と光にさらしたのであり、言葉によって新しい文学世界へと再構成しようとするのである。彼の出現の意外性がようやく鎮静してみれば、彼は「新しい世代の原型(プロトタイプ)」として常に新しい端緒に立っているのであり、「時代の触媒」として模索の十字架をにないつづけなければならないであろう。

☆

本書の翻訳にあたってクラウス・ヴィレ氏(京大講師)に学ぶところ多く、また若い人々との対話がさまざまな示唆を与えてくれたことを記しておきたい。

羽白幸雄

本書は一九七一年九月初版・一九七四年四月第四刷発行『不安 ペナルティキックを受けるゴールキーパーの……』（三修社刊）を復刻したものです。

言葉遣い・表現など、一部あきらかに誤りと思われる箇所を除き、底本に忠実に製作しております。現在では不適切と思われる語句を含んでおりますが、作品発表当時の時代背景に鑑み、また訳者が故人であり、改変は困難なため、底本のまま掲載いたします。

著者略歴

ペーター・ハントケ（Peter Handke）

1942年オーストリア、ケルンテン州グリフェン生まれ。1966年に小説『雀蜂』でデビュー。同年、「47年グループ」プリンストン大会での批判的な発言で注目され、ドイツ、フランクフルトで上演された戯曲『観客罵倒』で一躍脚光を浴びる。その後現在にいたるまで、小説、戯曲の他、翻訳、ラジオドラマ、詩にわたって精力的な創作活動を続けている。1990年代にはユーゴスラビア紛争についてセルビア支持の発言によりマスメディアからの攻撃を受ける。2019年ノーベル文学賞受賞。代表作に『幸せではないが、もういい』、『反復』、『ベルリン・天使の詩』脚本（ヴィム・ヴェンダースとの共作）、『ドン・フアン（本人が語る）』など。

訳者略歴

羽白幸雄（はじろ・ゆきお）

ドイツ文学者。1909年1月、広島県大崎上島町生まれ。1932年京都帝国大学文学部独文科卒。成城高等学校（旧制）教授、広島高等学校（旧制）教授、広島大学教養部助教授・教授、成城大学経済学部教授を歴任、広島大学名誉教授。広島県立美術館長、広島ペンクラブ会長を務める。1951年原民喜詩碑建設委員長。1971年中国文化賞受賞。1986年10月逝去。

不安 ペナルティキックを受けるゴールキーパーの……

2020年1月30日　復刻　第1刷発行

著　者　ペーター・ハントケ
訳　者　羽白幸雄
発行者　前田俊秀
発行所　株式会社 三修社
〒150-0001 東京都渋谷区神宮前 2-2-22
電話　東京 03（3405）4511　FAX. 03（3405）4522
https://www.sanshusha.co.jp

印刷所　錦明印刷株式会社
製本所　牧製本印刷株式会社

ISBN978-4-384-05000-4 C0097